新・浪人若さま
新見左近【五】

贋作小判

佐々木裕一

JN054495

双葉文庫

目次

主な登場人物

新見《にいみ》左近《さこん》――浪人新見左近を名乗り市中に出るが、その正体は甲府《こうふ》藩主徳川綱豊《とくがわつなとよ》。たびたび市中に繰り出しては、秘剣葵一刀流《あおいいっとうりゅう》でさまざまな悪を成敗しつつ、自由な日々を送っていた。五代将軍綱吉《つなよし》たっての願いで仮の世継ぎとして西ノ丸《にしのまる》に入ってからは平穏な日々を過ごしていたが、京にいるはずのお琴《こと》の身に危難が訪れたことを知り、ふたたび市中へくだる。長き戦いの末、ついに闇将軍を討ち果たす。

お峰《みね》――実家の旗本三島《みしま》家が絶《た》えたため、母方の伯父《おじ》である岩城雪斎《いわきせっさい》の養女となっていた、左近の亡き許嫁《いいなずけ》。妹のお琴の行く末を左近に託す。

お琴《こと》――お峰の妹で、左近の想い人。小間物問屋、中屋《なかや》の京の出店をまかされ江戸を離れていたが、店を焼かれたため江戸に逃れ身を潜《ひそ》めていた。貴船屋《きぶねや》の事件解決後、左近と無事再会を果たし、三島《みしま》町《ちょう》で小間物屋の三島屋《みしまや》を再開している。

権八《ごんぱち》――およねの亭主で、腕のいい大工。女房のおよねともども、お琴について京に行っていた。江戸に戻ってからは大工の棟梁《とうりょう》となり、三島屋裏の鉄瓶長屋《てつびんながや》で暮らしている。

およね――権八の女房で三島屋で働いている。よき理解者として、お琴を支えている。

吉田《よしだ》小五郎《こごろう》――甲州《こうしゅう》忍者を束《たば》ねる頭目《とうもく》で、左近の護衛役。幼《おさな》い頃から左近に仕《つか》え、全幅《ぜんぷく》の信頼を寄せられている。三島町で再開した三島屋の隣で煮売り屋をふたたびはじめ、配下のかえでと共にお琴の身を警固《けいご》する。

かえで――小五郎配下の甲州忍者。小五郎と共に左近を助け、煮売り屋では小五郎の女房だと称している。

岩城泰徳《いわきやすのり》――お峰とお琴の義理の兄で、本所《ほんじょ》石原町《いしわらちょう》にある甲斐無限流《かいむげんりゅう》岩城道場の当主。父雪斎が左近の養父新見正信《にいみまさのぶ》と剣友で、左近とは幼い頃からの親友。妻のお滝《たき》には頭が上がらぬ恐妻家だが、念願の子を授かり、雪松《ゆきまつ》と名づけた。

間部詮房《まなべあきふさ》――左近の養父で甲府藩家老の新見正信が、左近の右腕とするべく見出《みいだ》した俊英《しゅんえい》。左近が絶大な信頼を寄せる、側近中の側近。

雨宮真之丞《あめみやしんのじょう》――お家再興を願い、左近の命を狙うも失敗。境遇を哀《あわ》れんだ左近により甲府藩に召し抱えられ、以降は左近に忠実な家臣となる。

岩倉具家《いわくらともいえ》――京の公家の養子となるも、密《ひそ》かに徳川家光《いえみつ》の血を引いており、将軍になる野望を持っていたが、左近の人物を見込み交誼《こうぎ》を結ぶ。鬼法眼《きほうがん》流《りゅう》の遣《つか》い手《て》で、京でお琴たちを守っていたが、修行の旅を経《へ》て江戸に戻ってきた。

西川東洋《にしかわとうよう》――上野北大門町《うえのきただいもんちょう》に診療所を開く、甲府藩の奥医師。左近がお琴のところに通いはじめたと知り、診療所を女中のおたえにまかせ、三島屋そばの七軒町《しちけんちょう》に越してきていた。

篠田山城守政頼《しのだやましろのかみまさより》――左近が西ノ丸に入る際に、綱吉が監視役として送り込んだ附家老《つけがろう》。通称は又兵衛《またべえ》。元は直参《じきさん》旗本で、左近のもとに来るまでは、五年にわたって大目付《おおめつけ》の任に就いていた。

三宅兵伍《みやけひょうご》――左近が西ノ丸に入ってから又兵衛によってつけられた、近侍《きんじ》四人衆の一人。左近と同年配の、真面目で謹直《きんちょく》な男。

早乙女一蔵《さおとめいちぞう》――左近の近侍四人衆の一人。穏やかな気性だが、念流《ねんりゅう》の優《すぐ》れた技を遣う。

砂川穂積《すながわほづみ》――左近の近侍四人衆の一人。四人の中では最年少だが、気が利く人物で、密偵としての才に恵まれ、深明流《しんめいりゅう》小太刀術《こだちじゅつ》の達人でもある。

望月夢路《もちづきゆめじ》――左近の近侍四人衆の一人。地獄耳の持ち主。左近を敬《うやま》い、忠誠を誓っている。

新井白石《あらいはくせき》――左近を名君に仕立て上げるべく、又兵衛が招聘《しょうへい》を強くすすめている儒学者《じゅがくしゃ》。本所で私塾を開いている。

徳川綱吉《とくがわつなよし》――徳川幕府第五代将軍。四代将軍家綱《いえつな》の弟で、甥《おい》の綱豊（左近）との後継争いの末、将軍の座に収まる。だが、自身も世継ぎに恵まれず、その座をめぐり、娘の鶴姫《つるひめ》に暗殺の魔の手が伸びることを恐れ、綱豊に、世間を欺《あざむ》く仮の世継ぎとして、西ノ丸に入ることを命じた。

柳沢保明《やなぎさわやすあき》――綱吉の側近。大変な切れ者で、綱吉の覚えめでたく、老中格に任ぜられ、権勢を誇《ほこ》っている。

徳《とく》川《がわ》家《いえ》宣《のぶ》

江戸幕府第六代将軍
寛文《かんぶん》二年（一六六二）〜正徳《しょうとく》二年（一七一二）

寛文二年（一六六二）四月、四代将軍徳川家綱《いえつな》の弟で、甲府《こうふ》藩主徳川綱重《つなしげ》の子として生まれる。綱重が正室を娶《めと》る前の誕生であったため、家臣新見正信《にいみまさのぶ》のもとで育てられる。

寛文十年（一六七〇）、九歳のときに認知され、綱重の嗣子《しし》となり、元服後、綱豊《つなとよ》と名乗る。延《えん》宝《ぽう》六年（一六七八）の父綱重の逝去《せいきょ》を受け、十七歳で甲府藩主となる。将軍家綱が亡くなった際には、世継ぎとして候補に名があがったが、将軍の座には、叔父《おじ》の綱吉《つなよし》が就《つ》いた。

五代将軍綱吉も、嫡男《ちゃくなん》の早世《そうせい》や、長女鶴姫《つるひめ》の婿《むこ》である紀州《きしゅう》藩主徳川綱教《つなのり》の死去等で世継ぎに恵まれなかったため、宝永《ほうえい》元年（一七〇四）、綱豊が四十三歳のときに養嗣子となり、江戸城西ノ丸《にしのまる》に入り、名も家宣と改める。宝永六年（一七〇九）の綱吉の逝去にともない、四十八歳で第六代将軍に就任する。

将軍就任後は、生類憐《しょうるいあわれ》みの令をはじめとした、前政権で不評だった政策を次々と撤廃《てっぱい》。間部詮《まなべあき》房《ふさ》を側用人《そばようにん》として重用し、新井白石《あらいはくせき》の案を採用するなど、困窮《こんきゅう》にあえぐ庶民のため、政治の刷新をはかり、万民に歓迎される。正徳二年（一七一二）、五十一歳で亡くなったため、治世《ちせい》は三年あまりとごく短いものであったが、徳川将軍十五代の中でも一、二を争う名君であったと評されている。

新・浪人若さま　新見左近【五】

贋作小判《がんさくこばん》

この作品は双葉文庫のために書き下ろされました。

第一話　材木騒動

一

朝から強い北風が吹いていた江戸では、昼を過ぎた頃から小雪が舞いはじめた。

積もるであろうか。

新見左近《にいみさこん》こと、徳川綱豊《とくがわつなとよ》は気にしつつ、西ノ丸《にしのまる》の居室から外を見ていた。前に置いている文机《ふづくえ》には、側近の間部詮房《まなべあきふさ》が目を通すよう頼んできた書類が開かれている。

領地である甲府《こうふ》の治水と、城壁の修復に関わることで、西ノ丸にいながら甲府藩主としての務めを果たしているのだ。

普請《ふしん》にかかる許可をする花押《かおう》を入れて間部に渡した時、篠田山城守政頼《しのだやましろのかみまさより》が廊下に現れ、左近に向いて片膝《かたひざ》をついた。

「殿、ただいま戻りました」

「又兵衛《またべえ》、また断られたな」

出かける時は、今日こそはよい返事をもらってまいりますぞ、と勇《いさ》んでいた又兵衛だけに、

「そう顔に書いてあるぞ」

左近が言うと、間部の横に正座した又兵衛は、背中を丸めてため息をついた。

「新井白石《あらいはくせき》殿は、殿のお立場を知っておるゆえ辞退されておるのかもしれませぬ」

左近の立場とは、次期将軍とは名ばかりで、五代将軍綱吉《つなよし》の愛娘《まなむすめ》である鶴姫《つるひめ》の夫、紀州《きしゅう》徳川家嫡子《ちゃくし》綱教《つなのり》かその息子が六代将軍の座に就《つ》くまで、鶴姫と綱教の命を狙われないようにするための存在。

綱吉亡きあと、綱教かその息子が六代将軍の座に就けば左近が身を引くことを、白石は知っているのではないか。

又兵衛はそう疑っているのだ。

「白石殿の師である木下順庵《きのしたじゅんあん》殿が、そう吹き込んだに違いありませぬ」

悔しがる又兵衛であるが、左近はまったく焦《あせ》っていないどころか、儒学者《じゅがくしゃ》をそ

ばに置く気もない。

「よいではないか」

口ではそう言う左近であるが、胸の内では、白石のことが気になっていた。

以前本所《ほんじょ》で出会った白石の人柄に好感を覚え、近いうちにもう一度会ってみたいと思っているのだ。

四日が過ぎ、甲府藩主としての仕事が一段落したところで、左近は思い立って出かけた。

市中へ出ることに関して将軍綱吉が寛容《かんよう》になっているので、着流しの浪人姿に身なりを変えて、浪人新見左近として、気兼ねなく西ノ丸からくだった。

曲輪《くるわ》から出て市中を歩く左近を、小五郎《こごろう》たち甲州者《こうしゅうもの》が付かず離れず守っているのは言うまでもない。

一人歩きの体《てい》で町中を進み、両国橋《りょうごくばし》を使って大川《おおかわ》を渡った左近は、又兵衛から聞いている本所の新井白石の私塾を訪ねてみたが、対応したのは人のよさそうな若い侍で、白石はあいにく留守だった。

瓦屋根《かわらやね》の二階建ては、商家の持ち家だ。以前は自邸で私塾を開いていたはずだが、手狭になったため最近ここを私塾として新たに借りたようだ。

妻子と暮らす家に行ったことがある左近は、そちらにいるのだろうと思い訊《き》くと、侍は探るような目をした。

「失礼ですが、講義をご希望ではないのですか」

「白石殿とは一度お会いしたことがあるのだが、もう一度話をしたいと思い、私塾におられるかと思いこちらに来た」

若い侍は表情を明るくした。

「そうでしたか。先生はもうすぐ戻られると思いますが、待たれますか」

「では、そうさせてもらう」

戸口に立っていた左近は中に入ろうとして、ふと感じた背後の気配に振り向いた。

堀川の対岸にある柳の下に、こちらの様子をうかがう編笠《あみがさ》の侍がいる。左近が気づいたと知るや否《いな》や、その者は家のあいだに歩みを進めて路地に消えた。

「ああ、お戻りです」

若い侍が示す道に顔を向けると、白石が背の高い侍と談笑しながら帰ってきたところだった。

戸口に左近がいることに気づいた白石が、

「おや、新見殿ではないですか」

驚いた顔で言う。

左近が会釈《えしゃく》をすると、白石も頭を下げた。

それまで笑っていた背の高い侍が真顔になり、左近の人となりを確かめるような目を向けてきた。

左近は白石に言う。

「突然のご無礼をお許しください。あれから先生の噂《うわさ》を聞き、気になりお邪魔しました」

「そうですか。どうぞ、お入りください」

「よろしいか」

「むろんですとも。これから講義をはじめますから、見ていかれるといい」

来る者を拒《こば》まないのだろう。白石は、快《こころよ》く招いてくれた。

背の高い侍は無愛想《ぶあいそう》に会釈をして、先に入っていく。

月代《さかやき》を青々と剃《そ》ったその者は、身なりから察するに、大名か旗本の臣であろう。

「無愛想だなぁ、河本《こうもと》殿は」

人のよさそうな若い侍がそう言って見送り、改めて関田《せきた》と名乗り、左近を部屋に案内した。

塾には、関田なにがしと、先ほどの河本なにがしを入れて、十人の若者が集まっていた。皆、白石から学問を学びたいと集まった者で、一人につき五百文の謝礼を払っているという。

この時いた十人は、開発が進む本所に建てられた大名の下屋敷に移ってきた藩士や、屋敷替えとなった旗本の家来ばかりで、他にも、商家の子供にも読み書きを教えているため、私塾には今、合わせて五十五人が通っているという。

この日、白石が若い侍たちに説《と》いていたのは、君臣など、人間社会の上下関係のことと、政《まつりごと》のことだった。礼儀、秩序、法度《はっと》をおろそかにすれば、その国は必ず滅《ほろ》びると教え、武家たるものは民の模範であるべきだと、熱く語った。その背景には、今の政治に対する不満があると、左近の耳には聞こえた。

白石は、はっきりと口には出さないが、民のことは二の次で、己の思いのみで悪法を布《し》く綱吉のやり方に、憤《いきどお》っているのだ。

柳沢《やなぎさわ》あたりが聞けば、危うい。

左近はそう思ういっぽうで、白石が言うことは至極《しごく》まっとうなことであり、これを罰するほうが間違っている、とも考える。

白石の言葉を聞き逃すまいと、身を乗り出すようにしている者たちの姿を見て、左近は感心し、又兵衛が欲しがるはずだとも思った。

およそ一刻（約二時間）の講義が終わり、帰ろうとした若者たちに、左近が声をかけた。

「いらぬことかもしれぬが、先ほど、堀の向かい側からこの私塾を見張る怪《あや》しい者がいた。覚えがある者は気をつけられるがよい」

すると若者たちは、顔を見合わせて笑いだした。

何がおかしいのだろうと思っていると、関田が言う。

「新見殿、我らのような下っ端を見張る者などいませんよ」

続いて、顎《あご》の張った若者が言う。

「さようさよう。きっとあれですな、先生の講義を受けたくて、様子を見ていたのでござろう」

若者たちが気にもしない様子を見ると、白石を見張る者か。

油断せぬ左近は、笑って帰る若者たちを見送り、白石に顔を向けた。

すると白石は、先ほど共に帰ってきた河本に訊く。

「河本殿、おぬしは大丈夫か」

部屋を出ようとしていた河本は、

「気をつけます」

と答え、帰ろうとする背中に、白石がふたたび声をかけた。

「焦ってはならぬぞ」

河本は無言でうなずき、左近を一瞥《いちべつ》して帰っていった。

見張っていた者に心当たりがあるのだろう。

気になった左近は、白石と向き合った。

「河本殿は、どこのご家中ですか」

「美濃岩田藩《みのいわたはん》の不破《ふわ》家です」

「おれが言った怪しい者のことを気にされたようだが、河本殿を見張る者ですか」

「それよりも新見殿、他に用があってまいられたのではござらぬか」

うまくはぐらかす白石に、左近は問うのをやめた。

徳川綱豊だと身分を明かすことなく、講義の内容を褒《ほ》め、多くの藩の者たちが学びに来ているなら、数多《あまた》のお家から誘いが来るだろうと、それとなく探りを入れてみた。又兵衛を納得させる理由が聞ければ、帰って教えてやろうと思ったのだ。

　すると白石は、苦笑いをして言う。

「確かに身に余る誘いはありますが、今ご覧になられたように、謝礼を払うてまで通うてくれる若者たちを置いて宮仕《みやづか》えする気はないのです」

「なるほど。今の暮らしに、満足されておると」

「まあ、そういうことです」

　そこへ、侍たちと入れ替わるように、近所の子供たちが来た。

「先生！」

「白石先生！　お願い……」

　廊下から騒がしく入ってきた男児たちが、部屋に左近がいるのを見て驚き、障子の陰まで団子になって戻り、不安そうな顔で見ている。

「これ、ごあいさつをせぬか。今日より通われる新見殿だ」

　勝手に決める白石に左近が驚くと、白石は微笑《ほほえ》み、子供たちにもう一度あいさつを促《うなが》した。

　廊下に並んで頭を下げる男児たちは、商家の子もいれば、長屋暮らしの子もい

る。その中に、御家人に絡まれていた男児の顔があるのに気づいた左近は、

「いつぞやの」

そう声をかけると、白石が笑った。

「覚えてらっしゃったか。話を聞いた親御が、是非にと言うてきましてな、以来通うておるのですよ」

「なるほど」

この子たちから師匠を取り上げてはならぬと考えた左近は、又兵衛を説得するしかあるまいと思い、子供たちには、励《はげ》めよ、と言って私塾をあとにした。

本所に渡ったついでに岩城《いわき》道場へ行くことを決めていた左近は、石原町《いしわらちょう》へ向かった。

久しぶりに泰徳《やすのり》と二人で道場にて向き合い、木刀を交《まじ》えて剣術の稽古《けいこ》をした。

岩城道場のあるじとして脂《あぶら》が乗っている泰徳は、左近の葵一刀流《あおいいっとうりゅう》を相手に一歩も引かぬどころか、

「腕を上げたな」

左近にそう言わせるほど、戦国伝来の甲斐無限流《かいむげんりゅう》に迫力が増している。

門弟が見学を許されていれば、二人の剣技に言葉を失っていたであろうこと

は、ここで語るまでもない。

稽古を終えた左近は、泰徳と共に井戸端で汗を拭《ぬぐ》い、

「たまには、お琴《こと》の店に足を向けてやらぬか」

そう口にした。

闇将軍との戦いを終えて左近が迎えに来るまで、お琴は一時、泰徳のもとへ身を寄せていた。

その時に義兄妹《ぎきょうだい》の語らいはしていたであろうが、お琴が神明前《しんめいまえ》に移ってからは縁遠くなっている気がしていた左近は、たまには普段の義妹《いもうと》の様子を見に行くよう促したのだ。

左近の気持ちを知ってか知らでか、泰徳は微笑んだ。

「雪松《ゆきまつ》を連れて愛宕権現《あたごごんげん》へ詣《もう》でたいと思っているところだ」

「それはよい。その時は、小五郎に伝えてくれ。おれも行く」

「うむ」

「今日雪松は」

「いるとも。雪松！」

泰徳の声に応じて、裏手の廊下に雪松が出てきた。年が明けて六歳になった雪

松は、同い年の男児たちの中では背が小さいものの、すでに泰徳の教えを受けて子供用の木刀を振るっているだけに、正座する姿は背筋がしっかりしている。

武道の作法にのっとり両手をついて頭を下げた雪松に、左近も応じて、立ったまま頭を下げた。

「雪松、息災《そくさい》そうで何より」

「ありがとう存じます」

左近は微笑み、泰徳の招きに応じて客間に上がった。

雪松を下がらせた泰徳は、左近に言う。

「今日は、おぬし自ら新井白石殿を説得しに来たのか」

左近はいささか驚いた。

「白石殿を知っているのか」

「会ったことはないが、講義を受けに通っている門弟から評判は聞いている」

「では、誘っていることもその門弟から聞いたか」

「うむ。それで、うまく話がついたのか」

「いや、今日は誘いに来たのではなく、様子を見に来ただけだ」

無理に誘う気はないことを打ち明けると、泰徳は笑った。

「おぬしらしいな」

妻女のお滝《たき》が酒肴《しゅこう》を調《ととの》えてきたので、左近は礼を言った。

するとお滝は、優しい笑顔で応じてくれた。

以前のお滝は、どちらかというと無愛想だったが、母親になり、人として大きくなった気がする。

子供は親も成長させると言うが、お滝は子育てを通して己と向き合い、感じるものがあったのではないだろうか。

泰徳が尻に敷かれているのは相変わらずだが、お滝を恐れるのではなく頼っている気持ちが、言葉の端々《はしばし》にのぞいている。

よい夫婦とは、こういうものなのであろう。

「左近様、どうぞごゆっくりなさってください」

おおらかにそう言ったお滝は冬瓜《とうがん》の煮物をすすめてくれ、左近は箸《はし》をつけてみる。

よく出汁《だし》が染み込んだ冬瓜は、上品な味わいだ。

「旨《うま》い」

「お口に合われて、ようございました」

お滝はにこやかに言い、酒をすすめてくれた。

酌《しゃく》を受けて飲んだ左近は、久々に泰徳と長く語らい、愛宕権現に参詣《さんけい》する折にはまた会う約束をして、日暮れ時に道場を辞した。

二

石原町の道は、普請場の仕事を終えて家路を急ぐ大工の姿が多かった。葦原《あしはら》が埋め立てられ、武家地や町屋が広がっているとは耳にしていたが、活気のある大工たちを見ていると、その勢いを感じる。

武家屋敷のあいだの路地に入り、両国橋に向けて近道を抜けると、人気《ひとけ》のない堀端の柳のそばで斬り合う者たちがいた。

「あれは確か」

必死の形相《ぎょうそう》で刀を受け止めている長身の侍は、白石の弟子の河本だ。左近は安綱《やすつな》を抜いて助けに走った。

向かうあいだに河本が斬られた。呻《うめ》き声をあげて倒れ、それでも起きようとした河本だったが、ふたたび呻いて仰向《あおむ》けになった。

とどめを刺そうとした曲者《くせもの》は、抜刀《ばっとう》して迫る左近に気づいて編笠で顔を隠し、慌《あわ》てて走り去った。

河本に駆け寄った左近は、地べたに片膝をついて安綱を置き、抱き起こす。

「河本殿、しっかりいたせ」

左近が声をかけると、目を開けた河本は何か言おうとしたが、身体から力が抜けた。確かめるとまだ息はある。失血のため気を失ってしまったようだ。

河本を地べたにそっと寝かせ、人を呼ぼうと顔を上げた左近の目に、駆けてくる旅装束《たびしょうぞく》の侍の姿が映《うつ》った。侍は血相を変えて迫り、柄《つか》の袋を飛ばして抜刀した。

「貴様、よくも旦那様を」

刀を向ける侍は、どうやら河本の若党のようだ。

左近が落ち着いた調子で言う。

「勘違いをするな。斬ったのはおれではない」

「黙れ！」

叫びが気合となり、信じぬ若党は斬りかかってきた。

安綱を右手につかんで片手で弾《はじ》き返す左近。

若党はその剛剣に目を見張り、間合いを空けた。

左近は切っ先で制して立ち上がり、

「おれは河本殿と、新井白石殿のところで共に講義を受けた者。早く手当てをせぬと手遅れになるぞ」

そう言うと、若党はようやく刀を下ろした。

「旦那様は生きておられるのか」

「生きてはおるが、手当てを急がねばならぬ。藩邸まで運ぶのを手伝おう」

しかし若党は、戸惑う顔をして動こうとしない。

藩に何かあるのだと察した左近が、

「どこに運ぶか申せ」

促しても、若党は途方に暮れた様子で、

「わたしはこのあたりで、身を隠せる場所を知りませぬ」

と口にする。

左近は、岩城道場に連れていこうかと考えたが、ここからだと白石の私塾のほうが近い。

そばの普請場に荷車を見つけた左近は、若党に引いてくるよう命じた。

「急げ」

「はい」

我に返ったように走った若党が、荷車を引いてきた。

二人で河本を乗せ、ゆっくり運ぶ。そのあいだも、左近は周囲を見回して曲者の襲撃を警戒した。どこにも姿はないが、跡をつけているかもしれない。だが先を急ぐ今の左近に、それを確かめる余裕はなかった。

道を歩いてきた町の者が、血だらけの河本を見てぎょっとしている。

「武家のことゆえ騒ぎ立てるな」

左近はそう言って行かせ、私塾に着くと白石を呼びに駆け込んだ。

表の戸を開けると、上《あ》がり框《かまち》に立っていた白石は左近を見て笑みを浮かべた。子供たちの姿はなく、声も聞こえないところを見ると、白石は本日の講義を終えて帰ろうとしていたようだ。

「新見殿、いかがされた」

「河本殿が曲者に斬られて深手《ふかで》を負った。すまぬが医者を頼む」

表に止めた荷車に寝かされている河本を見た白石は驚き、草履《ぞうり》をつっかけるのもおぼつかぬほど焦って出た。

「や、これはいかん。新見殿、医者を呼んでくるまで動かしてはなりませぬぞ」

言うなり、急いで路地を走り去った。

幸い近くの医者は家にいたらしく、見たところ三十代の、総髪《そうはつ》を鬢付《びんつ》け油《あぶら》で頭になでつけ、黒の裁《た》っ着《つ》け袴《ばかま》に無紋《むもん》の羽織《はおり》を着た男が、白石を置いて先に走ってきた。

荷車に駆け寄るや否や、その場で河本の着物の前を広げて傷を確かめ、左近に言う。

「目をさましても動かぬように押さえていてください」

左近は応じて、若党と共に河本の身体を押さえた。

「白石先生、急いで」

医者は、遅れて戻った白石から焼酎《しょうちゅう》の徳利《とくり》を受け取り、傷口に流して洗った。血はとめどなく流れ出るが、医者は傷口に指を入れた。

間近で見ていた若党は顔を真っ青にして、今にも吐きそうな様子だ。

気づいた医者が、

「辛《つら》いなら見るな」

そう言いながらも、手を止めることはない。

「幸い傷は骨まで達していない。ここで縫います」

持ってきていた道具箱から針と糸を取り出し、手際よく縫いはじめた。動脈も切れていないらしく、縫い終わる頃には、血も止まっていた。

だが医者は、荷車に流れている血を見て、助かるかどうかは五分五分だと告げた。

私塾の雨戸をはずして皆で河本を移し、中に運び入れた。

白石は奥の部屋に案内し、泊まり込む時に使う布団を手早く敷いた。

河本の脈を取り、看病をする医者を横目に、若党は左近に頭を下げた。

「先ほどは、ご無礼をいたしました。それがしは河本の家来、坂口十吾《さかぐちじゅうご》と申します」

「新見左近だ。顔を上げなさい」

「はは」

顔を上げた十吾は、河本を見て悔しそうに唇《くちびる》を嚙《か》んだ。

襲った者に心当たりがあるのか問おうとした左近だったが、白石が先に口を開いた。

「坂口殿、わたしは河本殿から話を聞いている。長旅、ご苦労だったな」

うつむく十吾に、左近が訊いた。

「藩邸に戻るのを拒んだが、襲ったのは藩の者か」

「…………」

十吾は、うつむいたまま黙っている。

ふたたび口を開こうとした左近を白石が手で制し、十吾に言う。

「ここは、朝まで誰も来ぬ。遠慮なく泊まりなさい」

すると、十吾が心配そうな顔を向けた。

「曲者に見られていれば、夜中に襲ってくるかもしれませぬ。先生方はどうか、今のうちにお逃げください」

すると医者が振り向いた。

「生死の境にいる者を置いては行けませんよ」

「さよう」白石が続く。「わたしも、可愛い塾生を見捨てはせぬ」

「ではおれも残ろう」

左近が言うと、白石と十吾が見てきた。十吾が口を開く。

「あなた様を巻き込むわけにはいきません。どうか、お引き取りを」

「いや、よいではないか」

そう応じたのは白石だ。自分も医者も剣術ができないので、一人でも多いほうがいいと口にし、左近に笑みを浮かべた。

左近も笑顔で応じ、十吾に言う。

「河本殿とは、共に白石殿の講義を受けた仲だ。それにおれは、見てのとおり暇《ひま》な男。遠慮はいらぬ」

身なりを見て浪人者だと信じた十吾は、

「では、お願いします」

神妙な態度で頭を下げた。

その夜、襖《ふすま》一枚を隔《へだ》てた隣の六畳間で襲撃に備えていた左近は、河本を看病する十吾と白石の話し声を聞いていた。

医者は、河本の容体《ようだい》が落ち着いたのを見届けていったん家に帰った。十吾と白石は、一度襖を開けて左近の様子をうかがい、背を向けて横になっている左近が眠ったものと思い、話をはじめたようだった。

十吾は河本の命で美濃岩田の国許《くにもと》へ行き、領内の様子を見てきていた。

今領内では、山の木が次々と伐採《ばっさい》され、そのせいで夏の大雨で土砂崩《どしゃくず》れや川の氾濫《はんらん》が起き、田畑の損害はひどく、百姓たちは飢《う》えているという。

声を潜《ひそ》めているのでところどころ聞こえない部分があるが、左近はそう理解した。そしてその中で、深川《ふかがわ》の楠屋《くすのきや》、という名を何度も耳にしていた。

楠屋が河本の襲撃に関わっているのだろうか。

左近は気になり、十吾の前に出ていって訊こうかとも思ったが、河本の呻き声が聞こえた。

目をさましたのだと思い左近が襖を開けると、熱に浮かされた声だったらしく、意識は戻っていなかった。

十吾は熱を気にして、白石と話すのをやめて看病に専念した。

立ち上がってこちらに来た白石に、左近は何があったのか訊いた。

すると白石は、首を横に振った。

「大名家のことゆえ、わたしの口からは言えません。少し眠らせてもらいます」

言って横になり、左近に背を向けた。

結局、警戒した襲撃はなく、朝になった。

白石の講義を受けに武家の者たちが集まってきたので、襲撃はないだろうと踏んだ左近は、表の戸口から外に出た。

路地から現れた小五郎に、左近が命じる。

「深川の楠屋の評判を調べてくれ」

「承知しました。お食事はされましたか」

「湯漬けをいただいた」

小五郎はうなずき、走り去った。

その様子を、家の中から白石が見ていたが、左近が振り向いた時には、姿はなかった。

家に戻り、河本がいる奥の部屋に行くと、十吾は朝になって安心したのか、そばで座ったまま眠っている。

左近は、表の座敷で講義をはじめた白石の声を聞きながら、河本の額《ひたい》に置かれている手拭《てぬぐ》いを替えてやった。

徳川譜代《ふだい》の名家である不破家に、いったい何が起きているのか。

左近は気になって仕方がなかった。

白石の講義は続き、大勢の人が出入りするおかげで何ごともなく一日が終わり、夕方になった。

講義を終えた武家の者たちが、河本が曲者に斬られたと知って見舞いに部屋を訪れ、河本のために残ると言ったのだが、白石が許さなかった。

「お前たちは、今日は非番だが、明日はお家の勤めがあろう。よいから帰りなさい。さあ、帰った、帰った」

若くて血の気が多い侍たちはそれでも残ると言い張ったが、白石は抱えるようにして外に追い出し、戻ってきて左近に苦笑いを浮かべた。

「岩城道場に通うておる者ならまだしも、今の連中は、こちらのほうがからきしのようで」

刀を持つ手振りをして言う白石は、教える者たちのことを知り尽くしているようだ。

何かあって怪我《けが》でもされては立つ瀬がない、と口では言っているが、慕《した》ってくれる若者が可愛くて仕方ないのだろう。

担《かつ》ぎ込んだ時から、河本を守ろうという白石の強い意志が伝わっていた左近は、この日も帰らず私塾に泊まるつもりでいる。

白石も同じで、妻女に三人分の食事を届けさせ、帰ろうとしない。

握り飯と煮物を届けてくれた妻女は、

「このあたりで刃傷沙汰《にんじょうざた》があったと聞きました」

白石に言い、心配そうに左近と十吾を見てきた。左近の顔を覚えていたらしく、笑みを浮かべて頭を下げた。

「お前は何も心配しなくてよい。今夜は遅くまで調べごとをするのだ」

河本が斬られたことは告げず白石はそうごまかし、妻女を帰らせた。

この日も何ごともなく夜が明け、狭い裏庭に小五郎の気配がしたのは、夕方だ。

気づいた左近は、裏口から路地へ出た。

昼間は晴天だったが、夕方になると雲が広がり、路地は薄暗い。小五郎は、潜《くぐ》り戸《ど》から離れたところで待っていた。

歩み寄った左近は、堀端の柳の下へ誘った。

「いかがであった」

柳を背にして訊く左近に対し、着流し姿の小五郎は堀に向かって立ち、世間話をする体で報告した。

それによると、材木問屋の楠屋と不破家は親密で、江戸家老の命を受けた勘《かん》定《じよう》方《かた》の藩士が、算用を学ぶために長らく楠屋で寝泊まりをしていた。だが、三年前からその者の姿を見なくなった、という情報を得ていた。

そして、楠屋は今、本所と深川の開発で生じた材木需要により、飛ぶ鳥を落とす勢いで、あるじ三左衛門《さんざえもん》の評判は、すこぶるよいという。

左近が気になったことを口にする。

「襲われた者の若党が、しきりに楠屋の名を出していた。好評の裏で悪事を働いているのではないか」

「ひとつ気になりますのは、三左衛門が雇っている用心棒でしょうか。ゆすりたかりといった無法なおこないを繰り返し、町の嫌われ者だった三木《みつぎ》という浪人とその仲間どもを、仕事があれば悪さをしないはずだと町役人《ちょうやくにん》に届け、用心棒の名目で雇っているそうです。その町役人も、鼻薬《はなぐすり》を嗅《か》がされて言いなりだという噂もございます」

「用心棒の評判はどうか」

「おとなしくしているようですが、よくはありませぬ」

左近が不破家のことも調べるよう命じると、応じた小五郎はあいさつもなく急に離れて立ち去った。そこへ、白石が路地から出てきた。

「新見殿、こんなところで何をされている」

「いや、気晴らしに出ただけだ」

「話し声が聞こえたようだが」

あたりを見回す白石に、左近は笑った。

「独り言を聞かれたようだ」

そうごまかして路地を戻る左近に、白石は疑う目を向けた。

三

同じ頃、楠屋三左衛門は、深川の月照《げっしょう》という料理屋に出かけ、奥の離れ座敷で人を待っていた。

まだ商売をはじめて二年目のこの料理屋は、三左衛門が見込んだ女に持たせた店だ。

日本橋《にほんばし》で評判だった料理人を金ずくで引き抜いているため、味を求めて客が集まり、贅《ぜい》を尽くした座敷と庭も評判を呼び、毎夜大繁盛《だいはんじょう》だ。

なかなか座敷を取れないことも評判になっているが、この離れのみは、他の客を入れない。なぜなら、三左衛門が今待っている人物を接待するために作らせた、特別な場所だからだ。

程なく、その人物が姿を現した。

月照の女将《おかみ》が離れに案内したのは、美濃岩田藩江戸家老の石田左内《いしださない》だ。

女将が下がると、石田は被《かぶ》っていた頭巾《ずきん》をはずし、三左衛門が促す上座に正座した。

切れ者と評判の石田は、刀を右手側にゆっくり置き、鋭い目を三左衛門に向けて言う。

「わざわざ呼び出したのは、河本の首を取ったからか」

福々《ふくぶく》しい面立《おもだ》ちの三左衛門は、一見すると、町の評判に違《たが》わぬ優しい表情をしているが、瞼《まぶた》を細めた垂れ目の奥には、長年悪事を重ねてきた者が持つ凄《すご》みを宿《やど》している。

煙草《たばこ》で黄ばんだ歯を見せて申しわけなさそうに笑い、低く通る声で言う。

「ご家老様がおっしゃるとおり、刺客を向けて斬らせたのですが、とどめを刺す時に思わぬ邪魔が入り、まだ生きております」

石田が怒気《どき》を浮かべた。

「何をもたもたしておる」

「担ぎ込まれた場所が悪うございます」

「まさか、公儀の筋か」

「いえ、新井白石という学者の私塾でございます」

石田は舌打ちをした。

「新井白石のことは耳にしている。河本はその者の講義を受けはじめた頃から、わしがすることを怪しむようになった。目障《めざわ》りゆえ、踏み込んで河本もろとも、白石の息の根も止めろ」

「あの私塾には大名家の家臣や旗本が大勢集《つど》いますので、騒ぎになると思い手出しを控えておりました」

「夜に行けばよいではないか」

「白石もおりますし、よい折と手前も思いましたが、浪人風の男と、河本の若党がついておりますので、騒がれずに殺すのは難しいかと」

石田の目がより鋭くなった。

「今、若党と申したか」

「はい」

「その者は、どのような身なりをしておった」

「旅支度をしていたようですが」

「おのれ監物《けんもつ》め、しくじりおったな」

怒りを露《あら》わにする石田に、三左衛門は疑問をぶつけた。

「名倉《なくら》様が、何か」

「その若党は、坂口に違いない。奴は河本の唯一の家来だが、藩邸から姿を消しおったのだ。河本が国許へ遣《つか》わしたと睨《にら》み、顔を知っている監物に早馬を飛ばして網《あみ》を張れと命じておったが、見落としたのだ」

三左衛門は、憮然《ぶぜん》とした。

「国家老の一派が、手を貸したのでは」

「あるいはそうかもしれぬゆえ、監物に命じて手引きした者を見つけ出させる」

「問題は、その若党です。教えてくださっていれば、河本もろとも始末しましたものを」

「監物ならば逃しはすまいと、高《たか》をくっておったのだ」

「江戸に戻ったということは、我らのからくりを暴《あば》く証《あかし》をつかんでおりましょうか」

「わからぬ。だが、たとえそうだとしても焦ることはない。藩邸で河本に味方する者は一人もおらぬ。殿の知るところとならねばよいことじゃ」

「若党は、名倉様の目をすり抜けて国許を出入りした者です。藩邸に忍び込みませぬか」

「その前に、こちらから手を打つ」

三左衛門は身を乗り出し、目を細めた。

「何か、よい手がございますか」

石田は、悪知恵を含んだ笑みを浮かべてうなずいた。

「若党の名は坂口十吾。国許とは縁もゆかりもない、江戸生まれの小者だが、河本は父親の代から雇っている。上野《うえの》の実家には、十七になる鈴《すず》と申す妹がおる。これを利用せぬ手はあるまい」

石田は声を潜め、知恵を授《さず》けた。

三左衛門は、不気味な笑みを浮かべて承諾した。

「万事、おまかせください。これよりはご機嫌直しに、料理と酒をお楽しみくだされ。女将が選《え》りすぐった女を呼んでおりますゆえ」

「遊び女《め》はいらぬ」

「これは珍しや。いかがなされました」

「男を知り尽くした女を抱くのは飽いた。酒だけでよい」

「かしこまりました」

三左衛門は手を打ち鳴らし、料理と酒を運ばせた。

月照の裏手にある町屋から三人の用心棒どもが出たのは、程なくのことだった。刀を帯《お》びぬ四人の小者が続き、大川を渡って上野に走る。

石田左内から教えられた坂口十吾の実家がある町に到着したのは、人通りが絶《た》えた夜更《よふ》けだ。暗い道を静かに進む曲者どもは、どこで手に入れたのか、町駕籠《まちかご》を担いでいる。目印として教えてもらっていた寺の前を過ぎて土塀《どべい》の角を左に進み、突き当たりを右に曲がった三軒目の家が、十吾の実家だ。

上野山を背にする形で集まった曲者ども。用心棒は頬被《ほおかぶ》りをし、こぢんまりした粗末な家の裏手に回る。すると、月明かりもない闇の中、閉められた雨戸の隙《すき》間《ま》から漏れた家の明かりが、一筋の光に見える。

小者が雨戸に歩み寄り、耳を当てた。

家の中では、外に曲者が潜んでいることに気づかぬ親子が会話をしていた。父親はすでにこの世になく、兄十吾の仕送りで細々と暮らしている母と娘の会話は、桜を楽しみにするたわいもないものだ。

お鈴は、寝る支度をしながら話をしている母親の背中を見ながら、小袖《こそで》のほつれを縫いなおしていた。

突然の物音に振り向いたお鈴は、入ってきた曲者に目を見張ったが、悲鳴をあげる前に口を塞《ふさ》がれてしまった。

母親に飛びかかった小者も口を押さえ、

「こいつどうします」

小声で用心棒に訊く。

この時にはもう、お鈴は気絶させられ、別の小者の肩に担がれていた。

用心棒は、母親の始末を訊いてきた小者に言う。

「ここで殺しては騒ぎになる。共に連れていけ」

「へい」

応じた小者は、母親の首を絞《し》めて気絶させ、縄で縛って外へ運び出した。

小柄な女二人を詰め込んだ駕籠を担いで走り去ったあとには、まるで何ごともなかったかのような静けさだけが残り、家の明かりも消されていた。

母親とお鈴を押し込んだ駕籠が入ったのは、とある場所にある楠屋の別宅だ。

翌朝、部屋で囚《とら》われている二人の姿を確かめに来た三左衛門は、初めて見るお鈴の美しさに舌なめずりをした。

「なるほど。夕べ石田様が女を断られたのは、こういうことか」

攫《さら》ってきた用心棒がほくそ笑む。

「家老に取られる前に、味見をしたらどうだ」

「はは、三木先生、あたしゃ男を知り尽くした女が好みなのですよ」

「母親はどうする」

「どうせ二人とも消される身。ご家老様の沙汰があるまで、生かしておきましょう。それより三木先生、次は、しくじりは許されませんよ」

笑みを消した顔を向けられた三木は、

「わかっておる」

と答え、逃げるように出かけた。


河本の容体は峠《とうげ》を越えた。脈を取っていた医者は、あとは目をさますのを待つだけだと告げ、先ほど帰っていった。

熱が少し残っているため、見送りを終えた十吾は水桶《みずおけ》を持って裏庭の井戸端へ出た。

水を汲《く》み、桶に移していた十吾の目の端に、ぽとりと白い物が落ちる様子が映った。見れば投げ文《ぶみ》だった。

桶を置いて拾い、裏木戸から出ると、路地の角を曲がっていく浪人者の背中が見えた。

紙を開いて中の石を落とした十吾は、書かれていた内容に驚愕《きょうがく》し、漏れそうになる声を抑《おさ》えるため口に手を当てた。

——お前の母と妹は我らの手の内にある。返してほしくば、今すぐ河本の命を奪い、耳をそぎ落として藩邸に届けよ。

投げ文にはそう書かれてある。

忠臣の十吾に、できるはずもない。

「おのれ!」

浪人者が去った路地に向かって叫び、地面に両膝をついた。

怒りに歯を食いしばり、母と妹が狙われることにまで頭が回らなかった己を責めた。

母と妹を助けようと思い、刀を取りに戻ろうとした時、足が止まった。あるじには命を賭《と》して仕えよ、と、亡き父の声が脳裏《のうり》に聞こえた気がしたからだ。

小者でも武士は武士。

父の薫陶《くんとう》を胸に生きてきた十吾は、今すべきことは何かを考えた。

母と妹を助けるため楠屋に斬り込めば、用心棒たちに囲まれるだろう。己一人では、倒せるのはせいぜい一人。斬り刻《きざ》まれるか、あるいは捕まるか。捕まって人質にされれば、あるじの河本は見捨てないだろう。だからといってこのまま何もしなければ、母と妹は無事ではすまない。

だが、

「旦那様を殺すことなど、できるはずもない」

十吾はふたたび歯を食いしばり、声を絞《しぼ》り出した。そして、今の自分にできることはひとつしかないと決め、充血した目で路地を睨んだ。

「貴様らの思いどおりにはならぬ！」

隠れて見張っているであろう用心棒に向けて言うや否や、脇差を抜き、逆手に持って切っ先を腹に向けた。

「母上、鈴、許せ。先に行って待っている」

血走った目を見開いたその時、

「早まるな！」

背後から大声があがった。

振り向いた十吾は、声に応《こた》えた。

「新見殿、止めてくださるな」

腹を突き刺そうとしたが、素早く身を寄せた左近に手首をつかまれ、脇差を取り上げられた。

四

腹を切ろうとした十吾を連れて中に戻った左近は、脇差を白石に預け、六畳間に座らせて向き合った。

落ちていた投げ文を持って入っていた左近は一読し、白石に渡して十吾を見つめた。

「おれが力になろう」

十吾は、止めた左近を睨んだ。

「浪人に何ができるというのだ」

すると、白石が口を挟む。

「腹を切ったところで、何も変わらぬ。喜ぶのは家老の一味ではないのか」

「わたしは、母と妹を見殺しにするのです。死なせてください」

「まあ待て。腹を切る覚悟があるなら、新見殿に助太刀《すけだち》してもらい、母御《ははご》と妹を助けてはどうか。そなたがご領地へ行ったことは、河本殿から聞いている。見てきたことを話してみぬか。わたしは剣を遣えぬし力もないが、知恵ならば絞れるぞ」

十吾は頭《かぶり》を振った。

「旦那様の許しなく、お話しすることはできませぬ」

ため息をつく白石を一瞥した左近は、十吾に訊く。

「藩邸内に頼れる者はおらぬのか」

「おりませぬ。旦那様のお仲間は三人ほどいらっしゃいましたが、この一年で立て続けに、不慮の事故で亡くなられています」

「事故とは」

「一人は倒れてきた材木の下敷きに、次のお方は、酔って堀川に落ちられ、三人目は、物取りに襲われて……」

「偶然とは思えぬ」

左近が言うと、十吾は悔しそうな顔をした。

「旦那様は江戸家老の仕業《しわざ》に違いないとおっしゃいましたが、証がないのでどうにもならず、真実は藪《やぶ》の中です」

左近はうなずいた。

「必ず力になる。国許で見たことを話してくれ」

十吾は首を横に振った。

「わたしなどのことよりも、旦那様が目をさまされれば、どうか、お力添えを願います」

頭を下げた十吾は、立ち上がって左近から離れ、河本の枕元に自分の荷物を置いた。そして大刀を手に、部屋から出ていく。

白石が慌てて問う。

「おい、何をする気だ」

立ち止まった十吾は、

「母と妹を攫ったのは楠屋に決まっておりますから、新見殿に生かされたこの命、家族のために使います」

そう言って、私塾を飛び出した。

岩田藩不破家の又家来《またげらい》といえど、十吾も侍だ。

白昼に真正面から斬り込むに違いないと思った左近は、止めるために出た。路地を駆け抜ける十吾のあとを追っていくと、堀に架かる橋の袂《たもと》で、三人の浪人風に行く手を阻《はば》まれていた。

左近が追いつくと、眉毛《まゆげ》が太く顎が張った男が鋭い目を向けてきた。

左近は、頭目《とうもく》と思《おぼ》しきその男に問う。

「貴様は、楠屋の用心棒をしている三木だな」

すると二人の手下が、警戒して刀の柄に手をかけた。

「待て」

頭目が手で制し、左近を睨んだ。

「どこかで会ったことがあるか」

「悪い評判が耳に届いている」

「ふん」

否定をしない三木は、十吾を睨んで言う。

「もう一度訊く。貴様のあるじを殺してきたのか」

十吾は、一歩引いて刀の柄に手をかけた。

「できるはずもない。母と妹はどこだ。どこにいる！」

三木は下がった。

「忠義者よのう。母と妹は、たっぷりいたぶってからお前のあとを追わせてやる。先に地獄で待っておれ」

手下の二人が同時に抜刀した。

左近は十吾の前に出る。

左の手下が斬りかかったが、左近は安綱を抜いて弾き上げた。

剛剣に押されて下がった手下が、怒気を浮かべてふたたび斬りかかる。左近はその一瞬の隙を突いて安綱の峰《みね》で胴を打ち、右から斬りかかろうとしたもう一人の手下に切っ先を向け、動きを制した。

胴を打たれた手下は腹を押さえて下がり、声も出せず、立っているのがやっとの様子だ。

それを見て気合をかけたもう一人の手下が、刀を振り上げて斬りかかる。

左近は刀身を打ち払い、右の小手を打ち据《す》えた。手下は激痛に呻いて下がり、手首を押さえて苦悶《くもん》の表情を浮かべる。

三木が入れ替わりに出てくるや、

「つあ！」

気合をかけて鋭く突く。

左近は安綱ですり流し、相手の胸を打とうとしたが、三木は横に跳んでかわすと同時に刀を振るってきた。

安綱を立てて受け止めた左近は、押し返して間合いを取り、正眼《せいがん》に構えた。対する三木は、下段から八双《はっそう》に転じる。

互いに睨み合い、一拍置いて出た。

八双から袈裟懸《けさが》けに斬り下ろす三木より一瞬早く間合いに飛び込んだ左近は、胴を打ち抜けた。

振り向いた三木は右の頬をひくつかせ、腹を押さえて下がると、橋を渡って逃げた。手首を痛めている手下があとに続き、逃げていく。

左近の目に、かえでの姿が映った。

かえでは左近に小さくうなずき、逃げた者たちを追って走り去った。

遅れた手下が、腹を押さえてよろよろと逃げようとしたが、左近が眼前に安綱を向けて止める。

目を見張る手下に、

「十吾殿の母御と妹はどこにいる」

左近が訊くと、手下は憎々しい笑みを浮かべて、答えようとしない。

それどころか、腹を打たれた悔しさをむき出しにしてふたたび斬りかかろうとした。

左近は咄嗟《とっさ》に安綱の柄で手下の額を打つ。

手下は白目をむいて気絶し、膝から崩れるように倒れた。

十吾は驚きを隠せぬ様子で左近に歩み寄ってきた。

「あなたはいったい、何者ですか」

安綱を鞘《さや》に納《おさ》めた左近は、微笑んだ。

「ただのお節介焼《せっかいや》きだ」

「そうは思えませぬ。逃げた者たちを追っていった女は、町人ではないでしょう」

かえでを見ていたようだが、左近は答えず、

「この者を縛ってくれ」

とはぐらかし、倒れている手下から刀を奪い、肩をつかんで座らせた。

十吾は、答えぬ左近をうかがいながらも、手下の刀の下《さ》げ緒《お》を取って手を縛り、自由を奪った。

手下の頬をたたいて目をさまさせた左近は、近くの番屋《ばんや》まで連れていき、詰めていた町役人には、通りで刀を振り回していた不埒者《ふらちもの》だと告げて引き渡した。

私塾に戻り、白石を同座させた左近は、改めて十吾に、何が起きているのか話すよう求めた。

十吾はなお、戸惑いを見せる。

そこで左近は、藩でよからぬことが起きているのではないかと言い、お家を潰さぬために動いているなら、力になると申し出た。

左近の剣術を見て、ただならぬ者と思ったのか、十吾はようやく重い口を開いた。

それによると、不破家は今、藩政改革派の新興勢力と、反対派の譜代家臣が対立しているという。

改革派は、藩の財政を立て直すために江戸家老が国許へ送り込んだ江戸生まれの家臣団。その筆頭である名倉監物は、武家に生まれながら、財をうまく回すことを学ぶため、藩御用達《ごようたし》の材木問屋の楠屋で暮らしていたという変わった経歴の者だが……。

そこまでしゃべった十吾は、左近の顔を見てきた。

「名倉監物は、藩の財政を救う者だと称して江戸家老が召し抱えた者ですが、実のところは武家の出ではなく、三左衛門の縁者の息子ではないかという噂があるのです」

　これには白石が唸《うな》った。

「まさか、不慮の事故で命を落とした方々は、監物を疑っていた者たちか」

　十吾はうなずいた。そして続ける。

「譜代のご家来衆を差し置き、若い名倉監物を重用《ちようよう》することを強引に進めた石田家老は、藩の財政を立ち直らせた功績と権威を笠に着て、今では、自分が藩主のような振る舞いをしております」

　左近は、不破家のことを思い口を挟む。

「三年前に身罷《みまか》られた兼嗣侯《かねつぐこう》にかわり五代当主となられた兼定《かねさだ》殿は、まだ十二。政をほしいままにしている江戸家老を、抑えることはできぬか」

　すると十吾は、驚いた顔で左近を見た。

「やはりあなた様は、公儀のお方ですか」

「仕官先を探す浪人ゆえ、諸藩のことに詳しいだけだ」

　そうごまかした左近は、さらに訊く。

「河本殿は、江戸家老の不正を暴こうとしているがゆえに、命を狙われているのか」

「公儀の耳に入れば、藩がどのようなお咎《とが》めを受けるかわかりませぬので、お答えできませぬ」

疑う十吾に、左近は言う。

「では、藩政をほしいままにしている江戸家老は、何を恐れて命を狙うのかを教えてくれ」

「旦那様の口から、殿の耳に入ることを恐れているものかと。十二の殿は江戸藩邸から出られたことがありませぬが、聡明《そうめい》なお方だと旦那様は喜んでおりました。真実をお知りになれば、必ず江戸家老を罰してくださると信じて、我らは動いていたのです」

白石が険しい顔で言う。

「何が起きているかは、河本殿から大筋を聞いている。わたしの口から新見殿にお教えいたそう」

「しかし……」

慌てる十吾を、白石は手で制した。

「案ずるな。不破家は譜代の名家。少々のことでは潰されないはずだ。だが、このままでは国許で一揆《いっき》が起きる。そうなれば、公儀は黙ってはおるまい。河本殿は、一刻も早く江戸家老の一味を倒さねばならぬと、焦っておった。そなたの母御と妹を助け出すにしても、新見殿が味方になってくだされば心強い。そのためには、江戸家老の悪事を知っておいてもらったほうがよいのではないか」

「先生がそこまでおっしゃるなら、わかりました」

十吾は左近を見て居住まいを正し、話しはじめた。

「国許では今、藩の財政を立て直す名目で送られた名倉監物主導の下《もと》、山の木を伐採して江戸に送っています。国家老をはじめとする譜代の重臣たちは、お家や領民にとって大切な財である杉や檜《ひのき》といった山の木を、一時の金儲《かねもう》けに走って切り倒してしまえば、子や孫の代に何も残らないと反対しました。ですが名倉監物は、ことあるごとに、江戸におわす殿の命だと言い、伐採を続けているのです」

左近は気になって訊いた。

「江戸では河本殿のお仲間が何人も不慮の事故に遭《あ》われているが、国許ではどうか」

すると十吾は、真剣な面持《おもも》ちに悲しみの色をにじませた。

「木を伐採された山の麓《ふもと》にある村の者から聞いたことですが、名倉監物と対立した者は上意《じょうい》に背《そむ》く不届き者として捕らえられ、ほとんどの者が切腹させられています。そのため国家老は、今では監物の言いなりになっており、木の伐採は、より盛んに行われています」

「盛んと申すが、どのような具合なのだ」

十吾は、訊いた白石に顔を向けた。

「山で働く者に加えて百姓たちも使い、ほぼ毎日十本以上切り倒されたせいで、今日までに、領内にある山の木の半分は失われています。同時に、植林地《しょくりんち》を増やすために雑木も伐採されたせいで、傾斜《けいしゃ》がきつい場所では夏の大雨で土砂崩れが起き、麓では家や田畑が流されてしまい、村そのものがなくなったところもあります」

白石は驚いた。

「名倉や国家老は、救済をしたのか」

十吾は首を横に振った。

「ごく一部のことだと言い、手を差し伸べてはおりませぬ。被害に遭った村は当然、昨年の米は凶作となったのですが、名倉監物は年貢を減らすことを許さず、百姓は飢え死にする者も出ていました」

そこまでする名倉ならば、国許のことが江戸に伝わらぬよう警戒していたはずだ。

話を聞きながらそう思った左近は、十吾に訊いた。

「河本殿がそなたを国許へ送ると決めたのは、何がきっかけだったのだ」

「旦那様の伯父上《おじうえ》が、切腹なされたからです」

それは三カ月前のことだ。

国許に暮らす重臣の伯父が自刃《じじん》したことを知った河本は、十吾を部屋に呼び、

「本家の伯父次郎左衛門《じろうざえもん》は、かねてより楠屋と石田家老の不正を疑い、その証拠を探っていた。自刃ではなく殺されたに違いないゆえ、わたしのかわりに密《ひそ》かに香典を届けた際、河本家の領地を回って、村の様子を見てきてほしい。そしてここからが大事だ。よいか、誰にも知られず伯母上《おばうえ》に頼んで、伯父の日記を受け取ってきてくれ」

そう命じていた。

次郎左衛門は几帳面《きちょうめん》な性格で、日記を欠かさない者だったのだ。

河本が襲われたのは、伯父の次郎左衛門が何らかの証をつかんだことを知った名倉の知らせがあり、楠屋か、江戸家老が動いたに違いない。

江戸家老とその一味は、十吾が国許で何かしらを手に入れ江戸に持ち帰ったと

考え、母と妹を攫うという凶行に出たのだ。

話を聞いてそう考えた左近は、十吾に問う。

「その日記は、今持っているのか」

「はい」

「中を見たか」

「いえ。見ておりませぬ」

「では、見せてくれ」

十吾は戸惑った。

白石が見せるよう促すと、隣の部屋で目をさまさぬ河本を見つめながらしばらく考えていたが、意を決したような顔を左近に向けた。

「決して、他言せぬことを約束していただけますか」

「約束しよう」

「白石先生も」

「わかっておる。さ、見せなさい」

十吾は、河本の枕元に置いていた自分の手荷物のところに行き、一冊の日記を取り出して戻ってきた。

差し出された左近は、じっくり目を通し、ある時期から毎日のように書かれている内容に興味を持った。

その面を開いて白石に渡し、該当する部分を示した。

「ここより先を読んで、考えを聞かせていただきたい」

「承知した」

目を通してしばらく考えていた白石が、険しい顔で言う。

「これは、名倉監物の不正の証となりますぞ」

左近が意見を求めたのは、名倉主導で伐採された木材のことだ。

切り出された木材は、すべて江戸に送られたことになっているが、藩の勘定方に報告された金額と、伐採された木材の量が合わないことを疑問に思う心情が綴《つづ》られている。

白石は紙と筆を用意し、日記を片手に、筆を走らせて計算をはじめた。そして程なく、納得したようにうなずき、左近に言う。

「この日記に書かれていることが事実ならば、二年で積もった差額は五千両ほどになる」

「その差額がすべて、楠屋と江戸家老の懐《ふところ》に入っているに違いない」

推測する左近に、白石も同感だとうなずいた。

驚いたのは十吾だ。

「白石先生、では江戸家老は、藩の財政を立て直すためではなく、私腹を肥《こ》やすために、山の木を切らせているというのですか」

「この日記を見る限り、そうとしか思えぬ」

そう答えた白石は、目をさまさぬ河本を見てため息をつき、十吾に顔を向けた。

「志《こころざし》半ばで、筆が止まっている。伯父御殿はおそらく、切腹ではあるまい。そのことについて、残された奥方は何か言うておったか」

「はい。次郎左衛門様は、腹を召《め》された日の朝は、いつもと変わらぬ様子で出仕《しゅっ》されたのですが、夕方になって城をくだってきた使者から、城内で切腹したことを告げられ、遺骸の引き取りを命じられたそうです。遺書がなく、藩からは、発作的に切腹したのは、家での暮らしに問題があったのではないかと、責められたそうです」

白石が訊く。

「では、本家は潰されたのか」

「それが、気鬱《きうつ》の病《やまい》による切腹とされ、ご長男が家督《かとく》を継ぐことを許されております」

十吾の答えを受け、白石は左近に険しい顔を向けた。

「殺されたとしか考えられぬが、どう思います」

「同感です」

左近が言うと、十吾が口を開いた。

「次郎左衛門様は奥方様に、もしも自分の身に何かあれば、旦那様がわたしに香典を届けさせるはずだから、日記を渡してほしいと言われていたそうなのです」

白石は唸った。

「なるほど、これは、先を見越しての日記であったか」

左近は、白石から日記を受け取り、書かれた数字を見た。

「江戸家老に日記の存在が知られていなかったのは、不幸中の幸い。これを藩侯に見ていただけば、江戸家老の悪事もそこまでとなろう」

「問題は、どう届けるか。河本殿が行けば、藩侯に会う前に殺される恐れがありますぞ」

そう言った白石は、何を考えているのか、左近の顔をじっと見てきた。

身分を明かすつもりがない左近は、目を合わすことなく、無言で日記を見つめ、岩田藩の領民に思いを馳《は》せた。他藩のこととはいえ、こうしているあいだも、江戸家老とその一味のせいで、民百姓が苦しんでいる。ここにいる十吾とその家族も同じだ。

「まずは、攫われたそなたの母御と妹御を救わねば、身動きが取れぬ」

十吾に日記を返そうとしたが、拒まれた。

「新見殿が持っていてください」

左近は十吾の目を見た。

「一人で乗り込むつもりならやめておけ。三人とも命はないぞ」

「用心棒に逃げられましたから、もはや、この世にはいないかもしれませぬ。どうか止めないでください。旦那様を、お頼みします」

十吾は刀を持ってふたたび飛び出そうとしたが、左近が片膝立ちになり、手刀《しゅとう》で後ろ首をたたいて気絶させた。

白石が驚いた。

「何をなさる」

「用心棒が逃げ帰っているゆえ、行かぬほうがよいと思うたのだ。気がついても、出さないでくれ」

日記を懐に入れる左近に、白石が言う。

「察するに、あなた様は浪人ではございますまい。新見左近というお名前、噂で耳にしたことがございます。もしや……」

「その先を言うな」

白石は目を見張り、頭を下げようとしたが、左近は止めた。

「よせ。おれは、見てのとおりの浪人者だ。よいな」

「はは」

手を膝に戻した白石に、左近は微笑む。そして、部屋から出ていった。

河本の呻き声がしたので白石が行くと、目を開けた。

「おお、気がついたか」

「せ、先生、わたしは、生きているのですか」

「生きておるとも」

白石は、気を失っている十吾の頬をたたいた。

「これ、起きよ。起きよ」

十吾は意識を取り戻し、はっとして起き上がった。

「落ち着け坂口殿。河本殿が目をさましたぞ」

白石に言われて顔を向けた十吾の目が、みるみる涙であふれた。

「旦那様……」

河本は微笑んだ。

「十吾、生きて戻ったのだな」

「はい」

そばに来て頭を下げる十吾に、河本は安堵《あんど》の息を吐いた。

「まずは水を飲みなさい」

白石は、湯呑《ゆの》みに水を注いで、河本を助けて座らせた。

「ゆっくりな」

水を一口含んで飲みくだした河本は、喉《のど》の渇きを覚えたのか、続いて一杯分を飲み干した。傷の痛みに顔をゆがめながら、白石に礼を言い、十吾に顔を向けた。

「十吾、領内はどうであった。何かつかめたか」

「次郎左衛門様の日記を持って帰りました」

教えた十吾は、はっとして部屋を見回した。

「白石先生、新見殿は」

「案ずるな。あとは新見殿にまかせておけ」

「まさか、お一人で行かれたのですか」

「案ずるなと言うておる。落ち着いて、ここで帰りを待っていなさい」

十吾は心配そうだったが、白石の言葉を信じてとどまり、河本に国許の様子と、これまでのことを話しはじめた。

廊下で様子を見ていた左近は、河本が目をさましたことに安堵し、白石の私塾を出た。

程なく背後に現れたのは、飴《あめ》の行商《ぎようしよう》に扮《ふん》した甲州者だ。

「かえでは」

訊く左近に、小五郎の配下は、

「まだ戻りませぬ」

小声で答えて、それとなく離れていった。

十吾の母と妹の身を案じた左近は、小五郎の配下に案内させて楠屋に行こうか考えたが、下手《へた》に動かず待つと決めて、板塀に背中を預けて腕組みをした。

その姿は、暇を持て余した浪人者。

正体を知らぬ者が見れば、そう映るであろう。

左近にかえでが走り寄ったのは、程なくのことだ。

かえでは神妙な面持ちで報告する。

「用心棒どもを追いましたところ、小梅村《こうめむら》にある楠屋の寮《りよう》に入りました。母と娘はそこに囚えられており、間もなく、石田左内が来ます」

「急がねば、命が危うい。小五郎は」

「岩田藩の上屋敷に入っております」

「小五郎のことだ。石田左内を追ってこよう」

左近はそう言い、かえでの案内で小梅村に向かった。

五

駕籠で楠屋の寮に入った石田左内は、取り巻きの侍を警固《けいご》に立たせ、三左衛門と共に客間に入った。十二畳の下手《しもて》側には三木たち用心棒が並んで正座し、神妙な様子で顔をうつむけている。石田はその者たちを、不機嫌な顔で睨んだ。

「貴様ら、またしくじったそうだな。しかも一人は、町方に突き出されたそうではないか」

三木はしかめた顔を横に向け、あるじでもない石田を見ようとも、頭を下げようともしない。

「貴様、その態度はなんだ」

三木を指差す石田の前に歩み出た三左衛門が、なだめにかかる。

「まま、ご家老様、そう怒らずに。捕まった用心棒は何もしゃべっておらぬようですし、刀を振り回しただけとされて、じきに解きはなちとなりましょう。ご覧のとおり、かわりはいくらでもおりますから……」

「そんなことはどうでもよい！」

「わかっておりますとも。河本のことでございましょう。しかし今となっては、河本が生きていようがいまいが、藩邸に入れなければよいことでございましょう。殿様の耳に届かなければよいこと。おそばを固めているのですから、外にいる者など捨ておいてもよろしいかと」

青白く狡猾《こうかつ》そうな顔立ちをした石田が、じろりと目を向ける。

「都合のいいことを言いおる。殿はいずれ登城される。河本は殿の覚えめでたき者だ。登城の途中を狙われて訴え出るような真似《まね》をされれば、面倒なことになる。それゆえの暗殺ではないか」

対する三左衛門は余裕の表情だ。

「ではこういたしましょう。ここは焦らず、河本の怪我が治るのを待つのです」

「待ってどうする」

「いつまでも白石の私塾に隠れてもいられないでしょうから、出たところを狙い、確実に息の根を止めます」

「これまでしくじっておる者に、できるのであろうな」

「三木先生、どうなのです」

三左衛門に問われた三木は、石田を見て、無言でうなずいた。

石田は三左衛門を睨む。

「三左衛門、これを言うために、わしをわざわざ呼んだのか」

機嫌を直さない石田に、三左衛門は笑みまじりで答える。

「いいえ。不要となった十吾めの母と妹の始末をどうつけるか、ご指示を仰《あお》ぎたく、ご足労願いました」

「そのようなこと、わしがわざわざ来る必要もなかろう。殺してどこぞに埋めてしまえばすむことであろうが」

「おや。先日遊女をお断りになられたのは、この日のことを先読みされて、楽しみを取っておられたからではございませぬのか」

「何を申しておるのだお前は」

三左衛門は下卑《げび》た笑みを浮かべて続ける。

「母親はともかく、娘のほうは、ただ殺すには惜しい年頃。目鼻立ちも整うておりますし、立ち姿も美しく、かなりの上玉にございますぞ。遊女に飽きたとおっしゃいましたので、お招きしたのでございます。ご覧になりますか」

「いらぬと言うたら、どうする」

「尼寺《あまでら》にでも、預けようかと」

「尼寺だと」

「はい。増上寺《ぞうじょうじ》の裏手に、身寄りをなくした若い女を集めている尼寺がございますゆえ」

「お前にしては、ずいぶん優しいことを申すではないか。娘をそこまでして助けたいなら、お前が手をつけて囲ってやれ」

「寝首を掻《か》かれるのはごめんでございます」

三左衛門はそう言うと、廊下に控えている番頭に顔を向けた。

「ご家老様はいらぬそうなので、尼寺に人をやり、迎えをよこすよう言いなさい」

「待て」

石田が止めた。

「お前がすすめる女がどのような者か、見るだけは見てみよう」

「では、こちらに」

三左衛門は二つ奥の部屋に案内し、障子を開けた。

母親と共に縛られているお鈴は、入ってくる石田を見て怯《おび》え、かばう母親の背に顔を隠した。

石田は、身動きができぬ母親を押し倒し、お鈴を縛っている縄をつかんで引き、顔をのぞき込んだ。舐《な》めるような視線を這《は》わせ、好色《こうしょく》そうな笑みを浮かべる。

「ほう、なかなかの上玉だな。尼寺にやるのは惜しい」

母親は、猿ぐつわをされて声にならず、必死に呻いて身を寄せ、娘を守ろうとした。

石田が手で止めて言う。

「母御、心配はいらぬ。このわしが、悪いようにはせぬ」

すると母親は、呻くのをやめて石田を見てきた。

懇願《こんがん》する目を向けられた石田は微笑み、母親の耳にささやく。

「だから安心して、あの世へ行くがよい。近々、息子の十吾とやらも送ってやる」

目を見張った母親がふたたび呻くが、それよりも大きな声で石田が、

「連れていけ！」

言うや否や、楠屋の番頭と手下が母親を部屋から引っ張り出した。

泣き叫ぶお鈴。

石田は欲望にまかせてお鈴の縄をつかみ、さらに奥の部屋に連れ込むべく襖を開けはなった。

誰もいないはずの六畳間に、藤色の着流し姿の浪人者が立っている。その者は、言うまでもなく新見左近だ。

知らぬ石田は驚き、すぐさま怒気を浮かべた。

「用心棒めが、脅《おど》かしおって。邪魔だ。三木のところへ行け」

「だ、誰だお前は」

そう言ったのは三左衛門だ。

曲者と知った石田が、お鈴を引いて下がろうとしたその刹那《せつな》、左近は抜く手も見せず安綱を抜刀して振るう。

縛っていた縄のみを切った左近は、お鈴の腕をつかんで引き寄せ、背中にかばった。

左近の剣技に目を見張った石田は、縄を捨てて下がり、大声をあげた。

「曲者だ！　者どもまいれ！」

続いて三左衛門が叫ぶ。

「三木先生、先生方！」

廊下を走る音がして、三木と用心棒どもに加え、石田の家来が四人駆けつけた。

「この曲者を始末しろ」

石田の命に応じた家来たちが一斉に抜刀し、用心棒たちは三左衛門を守った。

家来の一人が気合をかけ、左近に斬りかかる。

一撃を弾き上げ、腹を峰打《みねう》ちした左近は、続いて斬りかかった別の家来の刀を安綱で受け止め、瞬時に力を抜いて横に避けて相手をつんのめらせ、背中を峰打ちして倒した。

あっという間に二人の侍を気絶させた左近の剣技に、石田の家来二人は下がり、あるじを守った。

三左衛門と用心棒は庭に駆け下り、逃げようとしたが、小五郎とかえでを含む六人の甲州者が現れ、逃げ道を塞いだ。

忍び装束に身を包む小五郎たちを前に、用心棒どもは動揺している。

左近が一歩出ると、石田と家来たちは剣気に押されて庭に逃げた。

お鈴の手を引き、廊下に向かって歩む左近。

三木が障子の陰で待ち伏せしている。

左近が一歩出た刹那、左側から、

「つあ！」

気合をかけた三木が斬りかかった。

剣気を感じていた左近が斬られるはずもなく、身を引いて刃《やいば》を眼前にかわす。

切っ先を転じ、息つく間もなく斬りかかる三木は、なかなかの遣《つか》い手《て》。

お鈴をかばいながら刀を受け止めた左近は、押し返して間合いを空けさせた。

そして安綱の柄を転じて刃を返し、正眼に構える。

三木が庭に跳び下り、左近も追って下りる。

互いに正眼に構えて間合いを詰め、切っ先が交差するや否や、両者同時に刀を振り上げて斬りかかった。

斬り下ろす刀と刀がぶつかり、火花が散る。近距離でふたたび両者刀を振り上げ、同じように打ち下ろした。

呻いて下がったのは三木だ。地べたに片膝をついて刀を捨て、斬られて血がしたたる右の手首を押さえて、痛みに耐えかねた様子であえいでいる。

葵一刀流の剛剣を目《ま》の当たりにした石田は、左近が一歩出ただけで顔を引きつらせ、家来を押した。

ふたたび峰に返した左近は、斬りかかってきた家来の太刀筋を見切って肩を打ち、四人目の家来が斬りかかる刀を弾き上げた。

手から刀を飛ばされたその家来は、慌てて脇差を抜こうとしたが、左近に肩を峰打ちされて昏倒《こんとう》した。

三左衛門と用心棒どもは、無我夢中で小五郎たちに挑《いど》んだが、ことごとく倒され、気を失っている者、激痛に庭を転げ回っている者がいる。

三左衛門は、番頭と手下と抱き合うようにして地べたにへたり込み、甲州忍者を恐れてせわしなくあたりを見回している。

一人左近と対峙《たいじ》した石田は、恨《うら》みに満ちた目を向けている。

「貴様はいったい、何者だ」

左近は、懐から日記を出して見せた。

「河本の伯父、次郎左衛門が残していた日記を読ませてもらった。藩と領民を守るべき立場を忘れ、楠屋三左衛門と結託して罪なき民を苦しめた貴様の悪事、この徳川綱豊がしかと見届けた」

石田は目を見張った。

「戯《ざ》れ言《ごと》を申すな。西ノ丸様が、このようなところにおられるはずはない」

信じようとしない石田は、足下に落ちている家来の刀を拾おうとしたが、目の前の土に小柄《こづか》が突き刺さった。

左近が投げた小柄には、金箔《きんぱく》の御紋《ごもん》が入っている。

葵の御紋に気づいた石田は驚愕し、腰を抜かして尻をついたが、すぐさま四《よ》つん這《ば》いになり、左近に向かって平身低頭《へいしんていとう》した。

三左衛門は、一味ともども観念して左近に頭を下げ、小刻《こきざ》みに身体を震わせている。

左近は、石田を見おろした。

「藩侯より厳しい沙汰があるものと覚悟いたせ」

「ははぁ」

地べたに額を当てて声を絞り出す石田は、苦悶に満ちた顔をしていた。

六

数日後、西ノ丸の居室で読み物をしていた新見左近の前に、又兵衛が来た。

「ごめん」

「どうした又兵衛、やけに慌てているな」

「これが慌てずにおられますか。新井白石殿から、殿へ宛てた文を託されました」

入ってきた又兵衛が、文机の向かいに座して差し出したのは、表書きのない真っ白な封書だ。

受け取った左近は、糊付《のりづ》けされた封を小柄で切り、包みから文を出して開いた。

流れるような達筆でしたためられていたのは、このたび左近が関わったことのその後の顚末《てんまつ》だ。

――材木騒動について。

からはじまった文によると、坂口十吾の母と妹を助けたあの日、左近が小五郎に命じて石田左内を藩邸に送り届けたことで悪事と裏切りを知った藩侯は、自ら白石の私塾に河本を迎えに行き、泣いて詫《わ》びたという。そして、石田左内は切腹。国許の名倉監物と一味に対しては、藩主の命を受けた坂口十吾がすでに江戸を発《た》ったので、国家老たちによってことごとく捕らえられ、厳罰に処されるはずだと書いてある。

領民とお家の安泰《あんたい》を願う左近は、文を膝に置き、ひとまず安堵の息をついた。

中身を知らない又兵衛は、どうやらため息と受け取ったようだ。心配そうに身を乗り出してきた。

「誘いを正式に断る文にございますか」

「いや」

「では、なんと書いてよこしたのです」

又兵衛に事件に関わっていたことを知られれば口うるさく言われそうな気がした左近は、文を懐に入れた。

探る目を向ける又兵衛。

左近は、咄嗟に頭に浮かんだことが、口をついて出た。

「私塾に通う者がいる限り、甲府藩の末席に名を連《つら》ねるのは控えたいと言うておるが、余《よ》に講義することは承《うけたまわ》りたいと申しておる」

左近の言葉に又兵衛は喜んだ。

「ではさっそく、西ノ丸に招きます」

「いや、それにはおよばぬ」

「は？　何ゆえでございます」

「余が私塾へ通うからだ」

爽《さわ》やかに笑う左近。

又兵衛はあんぐりと口を開けて、言葉が出ないようだった。

第二話　悪徳寺《あくとくでら》

一

桜が満開の頃のある日。岩城泰徳とお滝は、一人息子の雪松を連れてお琴の店にやってきた。

前もって知らせを受けていた新見左近も浜屋敷《はまやしき》から駆けつけ、権八《ごんぱち》とおよね夫婦に、小五郎とかえで、そして岩倉具家《いわくらともいえ》も加わり、皆で愛宕山へ花見に出かけた。

愛宕山は、上野山、道灌山《どうかんやま》などと並んで花見客が多く訪れる場所だ。

この日は快晴とあって、

「混んでいるなぁ」

権八が呆《あき》れるほどに、所狭しと人が陣取《じんど》り、飲めや歌えの酒宴がはじまっていた。

花見をこの日に決めていたため、張り切った権八は前もって場所取りをすませており、大木の桜を見るのに絶好の位置に筵《むしろ》を敷いて、大工の権八、と名前を書いた紙まで貼っていた。

権八は一足先にその場所へ行って緋毛氈《ひもうせん》を敷くと、

「こっちですよ。こっち」

大声で手招きする。

小五郎とかえでがこしらえた料理を詰めた重箱を広げると、雪松と権八は一緒になって喜び、今日初めて会ったとは思えぬほどに仲よくしている。

「雪松君《ぎみ》は、人なつっこいですねぇ」

およねが目を細めて言うと、お滝が少々慌《あわ》てた。

「君はやめてください。道場の跡取りにすぎませんから、雪松でよろしいです」

およねはくすりと笑った。

「それじゃ、遠慮なく。雪松ちゃん、お料理いただきましょうか。どれもおいしいよう」

およねは煮物などのご馳走《ちそう》を皿に取り、雪松に渡してやった。

左近は泰徳と岩倉と酒を酌《く》み交《か》わし、小五郎とかえでも、今日は仲のいいご近所同士の集まりといった体《てい》で、花見を楽しんでいる。

花見の場は、左近のように着物を着流す浪人風の姿もあり、長屋の連中と思われる中に加わり、楽しくやっているようだ。

身なり正しい武家の姿もちらほらと見えるが、ほとんどが町人たちで、皆わいわいやっている。

ひときわ大きな歓声があがり、左近たちはそちらに注目した。大きなしだれ桜の枝下に陣取っている者たちが、他の者たちの視線を集めている。

芸妓《げいぎ》を何人か交《まじ》え、にぎやかにやっている者たちを見ていると、草色の派手な着物を尻端折《しりはしょ》りして、紺《こん》の股引《ももひき》を穿《は》いた太鼓持《たいこも》ちが立ち上がり、注目している者たちに向かって言う。

「皆さん、こちらにずらりと並ぶ酒樽《さかだる》は伏見《ふしみ》から取り寄せた花見酒でございます。これみぃんな、常陸屋欣五郎《ひたちやきんごろう》から皆さんへの祝い酒にござい。どうぞどうぞ、ご自由にお飲みくださいましぃ」

歌うように言うと、喜んだ町人たちから歓声があがり、酒を受け取る者たちが殺到した。

権八が感心した声をあげた。

「へぇ、豪勢だね。さすがは常陸屋だ」

するとおよねが権八に顔を向けた。

「あらお前さん、知っているのかい」

「会ったことはねぇけどよ、大工仲間のあいだじゃ、近頃景気がいいって評判の石材問屋さ」

「へぇ、石はそんなに儲《もう》かるもんなのかい」

「本所深川あたりの埋め立てに使う石材で儲けたんじゃないかってぇ噂《うわさ》だ。この大人数に酒を振る舞うなんざ、豪気《ごうぎ》なお人だよ。ねぇ、旦那方」

権八に賛同を求められ、左近と泰徳、そして岩倉は揃《そろ》ってうなずく。

岩倉が言う。

「年貢を厳しく取り立てる武家にとっては、おもしろうないようだぞ」

顎《あご》で示された左近がそちらに顔を向けると、お忍びで来たと思われる武家の連中が苦笑いを浮かべながら、常陸屋がすることを見ている。

三味線《しゃみせん》の音色に合わせて芸妓たちが舞い踊り、日頃磨いている芸を披露《ひろう》した。皆と共に楽しもうとする常陸屋のおかげで、愛宕山は大いに盛り上がった。

顔を赤くした権八が左近のそばに来て、酌《しゃく》をしながら言う。

「みんな常陸屋を崇《あが》めていますがね、こうして浮かれていられるのは、左近の旦那が闇将軍を退治してくださったからだってんだ。ねぇ旦那」

「おい、大きな声で言うな」

左近が慌てて止めるのと同時に、およねが権八の口を手で塞《ふさ》いだ。

「気持ちはわかるけど、ここじゃ黙ってなよ。黙ってられないなら連れて帰るよ」

口を塞がれながら、まだもごもご何か言う権八に、およねが念を押す。

「わかったかい」

首を縦《たて》に振ってようやく手をどけられた権八は、雪松に笑われて首をすくめた。

大騒ぎをする町の者たちを見て、左近は世の泰平を喜び、花見を満喫《まんきつ》した。

泰徳たちは、このあと増上寺門前の旅籠《はたご》に泊まると言ったが、左近は浜屋敷に招いた。

泰徳は遠慮したが、

「是非とも頼む」

左近は、友を招きたかったのだ。

泰徳はお滝の顔色をうかがう。

するとお滝は笑みを浮かべ、左近に頭を下げた。

「決まりだな」

左近が言うと、泰徳も笑顔で応じた。

「剣を持たせば一騎当千《いっきとうせん》の強者《つわもの》が、女房殿の顔色を見ておる」

そう言って笑った岩倉が、

「家族とは、よいものだな」

しんみりと言う。

意外な言葉に、左近と泰徳は顔を見合わせた。

およねが逃さず、お琴に小声で言う。

「あのご様子、誰か想い人がいらっしゃるのでは」

お琴は、そうなの、という顔をして岩倉を見た。

雪松以外の大人の眼差しに気づいた岩倉が、

「およね殿が言うような者はおらぬ」

苦笑いで否定したところで、花見の宴《うたげ》はお開きとなった。

左近が出かける前に、又兵衛や間部にあらかじめ言い含めておいたので、泰徳の家族を迎え入れる支度は万全だった。

浜屋敷に初めて入ったお滝は、左近のもてなしを喜んでくれ、泰徳と雪松と三人で、庭の散策を楽しんだ様子だ。

闇将軍の魔の手を恐れた左近が岩城道場へお琴を預けた時、幼子《おさなご》を抱えるお滝は、さぞ不安だったはずだ。

にもかかわらず、お琴を快《こころよ》く匿《かくま》ってくれたお滝に、左近はこころばかりの礼をしたくて浜屋敷に招いたのだ。

反物《たんもの》を送ったらどうかという間部の提案で、呉服屋を呼んで揃えさせていたのだが、泰徳とお滝は、義妹《いもうと》を助けるのは当然のことだと言って、受け取らなかった。

断るだろうと思っていた左近は、

「では、これを雪松に」

もうすぐ来る端午《たんご》の節句《せっく》の祝いだと差し出したのは、左近が所蔵していた短刀だ。

受け取った泰徳が、

「拝見いたす」

と言い、その場で抜刀《ばっとう》した。

刀身を見るや、左近に驚いた顔を向ける。

「これは、かなりの業物《わざもの》」

左近は笑みを浮かべた。

「さすがは泰徳。見てわかるか」

「うむ。銘《めい》は」

「伏見貞宗《ふしみさだむね》だ」

名工正宗《まさむね》の実子とも、養子とも伝わる鎌倉《かまくら》時代に生きた刀匠の短刀に、泰徳の表情が明るくなった。

「ありがたくいただこう」

左近は笑顔でうなずき、礼を言って頭を下げたお滝には、遠慮なくゆっくりしてくれと言い、海を見渡せる離れに案内した。

翌日、道場に帰る泰徳たちを船着き場で見送った左近は、新井白石の講義を受けに行った時は立ち寄る約束をして別れた。

控えていた又兵衛が待ちわびたように、西ノ丸へ戻るよう促《うなが》す。

将軍綱吉から外出を許されたとはいえ、あまり西ノ丸を空けるのはよろしくないというのだ。

「度が過ぎては、また外出禁止にされかねませぬ」

心配する又兵衛の言うことを素直に聞いた左近は、その日のうちに、西ノ丸へ戻った。

しばらく西ノ丸に籠《こ》もった左近は、月が替わった四月十七日には、西ノ丸北の紅葉山《もみじやま》にある東照宮《とうしょうぐう》に参詣《さんけい》する将軍綱吉に随行《ずいこう》した。

神君家康《しんくんいえやす》公の命日の行事だけに、大名と直参《じきさん》旗本は正装して総登城し、大手門《おおてもん》前の広場は供の者で大混雑する。

その混雑ぶりがまったく届かぬ城内では、紅葉山東照宮に将軍綱吉が参詣し、直系である左近も続いて参詣する。

参詣をすませた将軍家からは、身分に応じた金と銀が、集まった大名と旗本に下賜《かし》され、命日の行事が終わった。

四月はこの大きな行事があるため、この先、五月の端午の節句まで、これといったものはない。

そこで左近は、翌日の昼過ぎに、西ノ丸から市中へくだった。

二

久々に見る江戸の人々は、着物が薄着になり、季節の移ろいを感じさせる。

神明前の通りを歩んでお琴の店に行くと、客を見送って表に出ていたおよねが気づき、駆け寄ってきた。

「左近様、お久しぶりです。ひと月半ぶりですね」

「花見から、もうそんなに経《た》つか」

するとおよねが、うかがう目をした。

「あら、相変わらずお忙しくされていたのですね。しばらくゆっくりできるのですか」

「うむ。四、五日はな」

「おかみさんが喜びますよ。ささ、どうぞ」

「いや、裏から入る」

商売の邪魔にならぬよう一人で路地を裏手に回り、勝手に座敷に上がってくつろいだ。

三島屋《みしまや》は相変わらずの繁盛《はんじょう》ぶりで、店から客の声が聞こえてくる。

横になって肘枕《ひじまくら》をした左近は、庭に咲く芍薬《しゃくやく》の花を眺《なが》めながら、何を考えるでもなく、店が終わるのを待った。

いつの間にか眠っていたらしく、気づけば日は傾《かたむ》き、庭に西日が差していた。

起き上がると、薄手の女物の羽織《はおり》がはらりと落ちた。見覚えのある羽織に、お琴がそっとかけてくれたのだと思った左近は、店の様子を見に行こうとしたのだが、襖《ふすま》を隔《へだ》てた隣の部屋からした声がお琴のものだと気づいて、座りなおした。

続いて聞こえたのは、興奮気味のおよねの声だ。

どうやら、使いに出ていたおよねが常連の客を見かけた話のようだ。

左近が眠っていると思っているらしく、声を潜《ひそ》めているのですべては聞き取れないが、攫《さら》われた、という言葉が気になった左近は、襖を開けた。

振り向いたお琴は、久々の再会を喜ぶような笑みを浮かべたものの、どこか憂《うれ》いを帯《お》びているようにも見える。

正座していたおよねが首を伸ばすようにして左近を見上げ、起こしたことをあやまった。

首を横に振った左近は、お琴の横に座っておよねに訊《き》いた。

「攫われたと聞こえたが、何かあったのか」

するとおよねが、照れくさそうに笑った。

「あたしの早合点《はやがてん》だったんですよう」

「どういうことだ？」

「いえね。いつも白粉《おしろい》や紅《べに》を求めに来てくださっていた商家の娘さんが、近頃ちっとも来ないからおかみさんと心配していたんです。そしたら今日、お客に届け物をした帰りに店の近くで見かけて……」

お琴が口を挟んだ。

「まだおみちさんと決まったわけじゃないでしょう」

先を言うのを止めようとしたが、およねは頭《かぶり》を振った。

「あたしの目に狂いはありません。あれは、おみっちゃんに間違いないです」

そう言って左近に教えたのは、常連だったおみちという商家の娘が、ここ半年ばかり来ないと思っていたら、髪を振り乱し、汚れた身なりをして道端に座り、道行く者から小銭を恵んでもらっていたという。

たまたま帰りに見かけたおよねは、驚いて声をかけようとしたのだが、一人の侍が来て、いいところがあるから共に来なさい、と声をかけて、おみちを連れてその場を去った。

どこかに攫われるのだと思い慌てたおよねは、声をあげようとしたのだが、その侍は笑みを浮かべて優しく話しかけており、どうも様子が違う。そこで、どこへ行くのかだけは突き止めておこうと思いなおし、こっそり跡をつけていったのだ。

ここまでしゃべったおよねは、喉《のど》が渇いたと言って湯呑《ゆの》みに手を伸ばし、一息ついた。

その先を聞いていなかったのだろう、お琴は待ちきれない様子で身を乗り出した。

「それで、おみちさんはどこに連れていかれたの」

喉を潤《うるお》したおよねは、湯呑みを置いて続ける。

「増上寺をぐるっと裏に回った永井町《ながいちょう》にある、新光院《しんこういん》という尼寺《あまでら》に連れていかれました」

「尼寺……」

お琴は、心配そうだ。

左近は、気になったことをお琴に訊いた。

「店に来ていた商家の娘が、何ゆえ人から恵みを受けているのだろうな」

するとお琴は、左近を見て教えた。

「おみちさんは、日本橋で紙問屋をしている津和野屋五平《つわのやごへい》さんの一人娘です。上質の紙を扱う津和野屋は江戸でも評判で、おみちさんは十八になる今まで何不自由なく暮らし、今年の春には手代《てだい》の昭吉《しょうきち》さんをお婿《むこ》にもらっているはずなんです。だから、人違いじゃないかと」

「いいえ、あれは確かにおみっちゃんですよ」

言い切るおよねは、外を見た。

「うちの人は日本橋に仕事で行っていたから、訊けば何か知っているはずなんですけどねぇ。こうしていてもあれですから、帰りを待ちながら夕餉《ゆうげ》の支度をしますね」

「手伝うわ」

お琴が言い、二人で台所に立った。

二人していろいろ話しながら作ってくれた中で、左近が特に気に入ったのは、刻《きざ》み胡桃《くるみ》や木茸《きのたけ》、すり生姜《しょうが》などを混ぜた包み豆腐だ。

「旨《うま》い」

思わず笑みがこぼれる。

帰って食事を共にしていた権八も舌鼓《したつづみ》を打ち、

「酒が進むねぇ」

ぐい呑《の》みを空けて箸《はし》を取り、器《うつわ》に半分残っていた包み豆腐を頬張《ほおば》った。

腹が落ち着いた頃を見計らったおよねが、権八におみちのことを訊いた。すると権八は、食べるのをやめて箸を置いた。

左近が酒をすすめる。

「浮かぬ顔をしているところを見ると、無宿人《むしゅくにん》になったわけを知っているようだな」

恐縮して酌を受けた権八は、ちびりとやり、およねに顔を向けた。

「おめぇの目に、狂いはないと思うぜ。声をかけたのは、寺の人助けだ」

およねが身を乗り出した。

「どういうことだい」

「女の無宿人は新光院、男は隣の雲徳寺《うんとくじ》に連れていき、おまんまを食べさせているらしいぜ。左近の旦那は、寺社奉行の半田伊賀守《はんだいがのかみ》ってぇ殿様をご存じで」

「うむ。何度か話をしたことがある」

「その殿様の家臣の、氷室玄馬《ひむろげんば》様はご存じで」

「いや、知らぬ」

「それじゃ、花見の時に大盤振る舞いをしていた常陸屋は覚えていますか」

「うむ」

左近がうなずくと、権八もうなずいた。

「人助けは氷室様がご考案されて、懇意《こんい》にしている石材問屋の常陸屋が大金を出したことで、両寺の住職がその気になってはじまったことです。特に雲徳寺は、ご住職が亡くなられて今のご住職にかわってから、人助けをはじめたらしいです」

権八はさらに、先月雲徳寺から宿坊《しゅくぼう》の廊下の修復を請け負って行った際に、大勢いるはずの無宿人が一人もいなかったので、不思議に思い寺の者に訊いたところ、

「皆さん和尚《おしょう》様の口利きでここを出られて、元気に働いてらっしゃいます」

と言われたと感心しきりだ。

すると、およねが苛立《いらだ》ったように言う。

「あたしとおかみさんが知りたいのはそこじゃなくって、おみっちゃんのことだよ」

「わかってるよ。津和野屋の娘さんはな、大変な目に遭《あ》ったんだ。可哀そうな話なんだなこれが」

権八はどうやら、おみちのことを言いたくなくて、寺のことを長々と話していたようだ。

およねが迫った。

「お前さん、どういうことだい。おみっちゃんに何があったのさ」

権八は口にしていいものか迷ったようだが、

「左近の旦那、聞いておくんなさい」

意を決したように言って、おみちの身に起きたことを話した。

権八によると、おみちは今年、幸せな年を迎えるはずだったのだが、去年の師走《しわす》に、婿と決まっていた昭吉に裏切られていた。

昭吉は夜中に盗賊の一味を店に引き込み、金蔵から八百両もの大金を盗んで逃げていたのだ。

さらに、この事件は悲劇が起きていた。忍び込んだ盗賊の一味に気づいた店の手代が殺され、他の奉公人が大声をあげて助けを呼び、駆けつけた町役人や、町方同心《どうしん》が店を囲んで捕まえようとしたのだが、突然現れた剣客風の男によって町方同心が斬殺され、一人も捕まえることができなかったという。

そこまで言った権八が、ため息をついた。

「不幸中の幸いだったのは、五平さんと娘さんが殺されなかったことなんだが……」

およねが目に涙を浮かべて、黙り込む権八に言う。

「そんなことがあったなんて知らなかったよ。どうして教えてくれないのさ」

「娘さんがここの常連だとは知らなかったしよ、あん時はおめぇ、闇将軍のことがあったから、暗い話はしたくなかったんだ」

権八は酒を飲み、洟《はな》をすすって大きな息を吐いた。

およねがさらに訊く。

「おみっちゃんは、どうして無宿人になっちまったんだい」

「それを訊くか」

「気になるじゃないか。生き残った父親は、どうしたんだい」

「首をくくっちまったんだよ」

「えっ」

絶句するおよねをちらと見た権八が、お琴と左近に顔を向けて言う。

「手代の昭吉は、初めっから盗賊一味の引き込み役だったんですよ。それを見抜けなかった五平さんは、とんでもないことになってしまったと自分を責めて、一文なしになったことにもひどく落ち込んでいたようです。だから、周りの者が気をつけていたらしいんですが、殺されてしまった店の奉公人の弔《とむら》いをすませたあとに、首をくっちまったんです。一番むごいのは、残された娘さんですよ。津和野屋の店と住居は、仕入れ先に金が払えなくなっちまったから形《かた》に取られちまって、今は人手に渡ってます」

「肉親も帰る家もなくしたおみちは、人から恵んでもらいながら生きていたところを、寺に助けられたか」

そう言った左近は、おみちを気の毒に思った。

お琴も同じ気持ちのようで、悲しげな顔をおよねに向けた。

「おみちさんは、お寺に連れていかれるのをいやがっていなかったの」

「なんだかぼうっとした様子で、されるがままという感じでした」

「おみちさんのために、何かできることはないかしら。お寺に助けられても、きっと困っていることがあると思うの」

およねは考え、ふと思いついたような顔をした。

「それでしたら、着物と履物《はきもの》を届けたらどうでしょう。ひどく汚れて、裸足《はだし》でしたから。おみっちゃんの性格だと、新調した物だと遠慮して受け取ってくれないかもしれないから、着なくなった小袖《こそで》があれば、それがいいと思います」

「そうね」

その気になったお琴は、何がいいか考え、自分の部屋から着物を持ってきた。若草の柄《がら》の着物は、左近も覚えがある小袖だ。着なくなった物ではないはずだが、お琴はおよねに言う。

「この小袖、おみちさんが気に入ってくれていたのよ」

「そうでした。きっと喜ぶと思いますけど、いいんですか。おかみさんも大事にされていたはずじゃ」

「いいの。少しでも元気になってくれれば」

さっそく明日、二人で行こうと決めるお琴とおよねを、左近は権八と、微笑《ほほえ》みながら見ていた。

翌日は昼まで店を休むことにしたお琴は、左近と朝餉をすませると、支度にかかった。

赤い鼻緒《はなお》の下駄《げた》に、肌着と下着、帯などを一式添えて布に包んだ物を抱えて、迎えに来たおよねと出かけた。

することがない左近も、寺の門前まで付き合うことにして同行した。

増上寺本坊を左手に見つつ進み、土塀《どべい》の角を左に曲がって、西に向かう道を歩んだ。

今日は曇りがちで、青竜寺《せいりゅうじ》と瑞蓮院《ずいれんいん》の土塀のあいだを抜ける風がひんやりとしている。

新光院は、増上寺の真裏にある場所にあった。固く閉ざされた山門《さんもん》には殿方の訪問を断る札が掲《かか》げられている。

遠慮して立ち止まった左近は、離れた場所からお琴とおよねを見守った。

およねが門扉《もんぴ》をたたいて訪《おとな》いを入れると、程なく中から女の声がした。

「どちら様で」

「三島町《みしまちょう》で店をしている者でございます」

お琴が答えると、

「何かご用ですか」

ふたたび女の声がした。

これにはおよねが答える。

「はい、ご用でございます。昨日お侍様にこちらへ連れてこられた、おみちという娘さんに、届け物を持ってまいりました。直《じか》にお渡ししたいのですが、会わせていただけませんでしょうか」

閂《かんぬき》をはずす音がして潜《くぐ》り戸《ど》が開けられ、尼が顔を出した。頭巾《ずきん》を被《かぶ》っているが、年の頃は三十過ぎだろうか。

毎日女の客を相手にしているお琴の目には、そう映《うつ》った。

その尼が、明らかに迷惑そうな顔をして言う。

「ここはどなたも通さぬのが決まりゆえ、お帰りください」

「ええ？　どうしてです？」

訊くおよねに、尼は厳しい目を向ける。

「今、決まりだと申しました」

「ひと目でいいんです。励《はげ》ましたいのでおみっちゃんに会わせてください」

「おみちさんに身寄りはないはずですが、どのようなご縁の方ですか」

「うちの店のご常連さんです」

「常連。失礼ですが……」

「三島町の小間物屋、三島屋の者です。こちらはおかみさんです」

　およねが紹介すると、尼はお琴を見てきた。

「縁者でないなら、なおのことお通しすることはできませぬ。お引き取りを」

「そうおっしゃらずに」

　およねが袖の下を渡そうとしたが、尼は突っぱね、怒気《どき》を浮かべた。

「しつこいですよ。お帰りなさい！」

　ぴしゃりと言われて、お琴はおよねの袖を引いて下がらせた。そして、尼にあやまってから言う。

「では、この着物をおみちさんにお渡し願えませんか」

　尼は包みを見て、ため息をついた。

「まあ、それならいいでしょう」

「ありがとうございます」

「ただし、受け取るのは今回だけです」

「どうしてですか」

　訊くお琴に、尼はまたため息をついた。

「働かず、人から物をもらって暮らすと、その道からなかなか抜けられなくなるのはご存じですか」

「いえ」

「世の中には、何度も人から物を受け取ることで、楽をして生きていけると勘違いする者がいます。おみちさんも、おそらくそうして生きてきたのでしょう。当院は、そのような人をただ助けるのではなく、一人で生きていくために手を差し伸べているのです」

お琴は包みを抱きしめて下がり、頭を下げた。

「ご無礼をいたしました。失礼します」

帰ろうとしたが、尼が呼び止めた。

「お待ちなさい。せっかくのお気持ちですから、今回だけはお渡しします。着る物も汚れていますから、お喜びになるでしょう」

届けた者の気持ちも汲《く》んでくれる尼に、お琴とおよねは頭を下げ、包みを託した。

見ていた左近は、尼が中に入るのを目で追い、戻ってきたお琴とおよねに言う。

「喜んでくれるといいな」

お琴は、ばつが悪そうな顔をした。

「尼様のお話を聞いて、こちらの思いを押しつけたような気がしています」

「おかみさん、そんなことないですよう」

およねが憤慨した様子で言い、山門を振り返った。

「あそこまで偉そうに言わなくてもいいのに」

「それだけ懸命だということだ。よいではないか」

左近が言い、帰りに甘い物でも食べようと誘っておよねの機嫌を取り、山門から離れた。

三

宿坊の奥の部屋にいるのは、氷室玄馬。横にいる三十路《みそじ》の尼は、住職の仙寿院《せんじゆいん》だ。

薄化粧をし、紅をさしている仙寿院は、対応をして戻った尼から話を聞き、三十路の脂《あぶら》が乗った身体を氷室に寄せた。

「まことに、ただの小間物屋だとよいが。寺社奉行殿の探りではないか」

廊下に尼が控えている前で、氷室の胸元に手を入れようとする仙寿院。

その色白の手首をつかんで止めた氷室は、ひとつ咳払《せきばら》いをして、仙寿院の顔を見た。

「殿は何ごともまかせきりゆえ、あり得ませぬ。ですが念のため、それがしが素《す》性《じょう》を探りましょう」

するとと仙寿院は、首を横に振る。

「よい。相手は小間物屋。殿方より女のほうが怪《あや》しまれぬ」

そう言うと、廊下に控えている尼に顔を向けた。

「天央院《てんおういん》、今の話を聞いていましたね」

天央院は真顔でうなずいた。

仙寿院が言う。

「おみちから、三島屋のことを訊きなさい」

「ただちに」

「お待ち。気が変わりました。やはり、誰かを行かせて様子を見させたほうがよい。助けている娘の中に、三島屋を探らせられる者はいませんか」

「一番古株《ふるかぶ》の咲月《さつき》がよろしいかと」

「では、今から言うとおりに聞かせて行かせなさい」

仙寿院は手招きしてそばに来させると、小声で伝えた。

「かしこまりました」

天央院が立ち上がるのへ、仙寿院が付け加える。

「ここを怪しむ者の手先かもしれぬゆえ、くれぐれも、寺の名を言わぬよう言い含めなさい」

天央院は頭を下げ、二人の前から去った。

「氷室殿、戻った咲月から話を聞いて怪しいところがあれば、三島屋の始末を頼みますよ」

「心得ました」

仙寿院は氷室の首に両手を回して引き寄せ、微笑んだ。

三十路の色香《いろか》に理性を失った氷室は、仙寿院を押し倒し、身体をむさぼりはじめた。

仙寿院は甘い声を出し、色白の足を男に絡ませて、悦《よろこ》びに満ちた顔をしている。

程なく、天央院から三島屋のことを言われた咲月は、

「あたしが、ですか」

突然のことに戸惑いを隠さない。

「あたしのような者で、よろしいのですか」

「あなたしかいません。それに、長らく寺の外へ出ていないでしょう。たまには出かけなさい。これをあげるから、ついでに買い物でも楽しんできなさい。様子を見るだけでいいのですから、そのように怖い顔をしないの」

咲月は両手で頬をほぐした。

「そういうことでしたら、喜んで」

「くれぐれも、寺の名は出さぬように」

「はい」

十分すぎるほどの金をもらった咲月は、宿坊には戻らず出かけた。

「三島町に三島屋とは、名をつけた女将《おかみ》は、野暮《やぼ》ったい女だろうな。どうせ洒落《しゃれ》た品なんて置いていないわよ」

咲月は歩きながら面倒くさそうに独りごち、馬鹿にした笑みさえ浮かべた。

三島町に着いた頃には、曇っていた空が晴れ、暑くなってきた。通りを歩いているうちに、女が列を作っている店があるのに気づき、そちらに向かった。

おいしい甘味処《かんみどころ》でもあるのかと思いつつ近づいた咲月は、そこが三島屋だと知って驚いた。

中の様子と、女将の人となりを調べるためには、列に並ぶしかない。藍色《あいいろ》の麻《あさ》の小袖に赤い帯を締めている咲月は、少しでも見栄《みば》えをよくしようと着物の乱れを整え、最後尾に回って立った。するとすぐさま、背後に二人連れの女が並んできた。

二人ともきれいな着物を着て、垢抜《あかぬ》けている。

「今日はどのような品があるかしら」

「あたしは白粉を買いに来たのよ」

「わたしは簪《かんざし》。前におかみさんが選んでくれた簪、とっても気に入ったから」

背中を丸める思いで女たちの会話を聞きながら待つこと四半刻《しはんとき》（約三十分）。やっと店に入った咲月は、並べられた品物に魅了《みりよう》されてしまい、目を輝かせた。

混雑する中で、ひときわ大きな笑い声がしたので見ると、でっぷりと太ったおばさんが客と笑っていた。

女将だろうと思い見ていると、

「いらっしゃいませ」

声をかけられて顔を向けた咲月は、店の若い女が別の客に話しかけたのだと知ってがっかりした。

声をかけられた客が、

「おかみさん、あたしに似合うのどっちだと思う」

簪を二つ手に取っている。

咲月は、おかみさんと呼ばれたお琴の姿を上から下まで見て、店の名を馬鹿にしたことと、自分の身なりとをくらべて恥ずかしくなった。

探る役目を忘れて出ようとした咲月に、お琴が顔を向けてにこやかに笑った。

「いらっしゃいませ。何かお探しですか」

声をかけられて緊張した咲月は、適当に選んだ品を手に取った。

「紙入れですね。お目が高い。それは今日入ったばかりの品ですよ」

驚いて品を見た咲月は、ひと目で欲しくなった。それほどに、美しい色合いだったのだ。

「これをください」

「ありがとうございます。初めてお目にかかりますね」

笑顔がまぶしくて、咲月は目を伏せた。ちらと見ると、女将は優しい笑みを浮かべて、空の紙入れに、桜色の紙を品台から選んで入れた。

高そうな紙だったので、いらないと言おうとしたら、

「来てくださったお礼です」

女将はそう言って、品物を包んでくれた。

紙入れのみの代金を払い、外へ出た咲月は、見送りにまで出られてなんだか嬉しくなり、

「また来ます」

そう言って店をあとにした。

天央院様は、三島屋の女将は、寺の人助けをいらぬこととしたがる公儀の手下かもしれないから、お前行って様子を見てこいと言ったけれど、どう見たって人がいい商売上手だ。繁盛ぶりや、客の様子からも怪しいところは見受けられない。

次はいつ町に出してもらえるかわからないが、その時はまた行こうと決めて、寺に戻った。

本堂に天央院を捜しに行ったが姿がないので、自分と同じような境遇の女たちが寝泊まりしている宿坊に向かった。

ここに連れてこられてもう半年以上になる。初めはたった一人だったのが、昨日加わったおみちを入れて、今では七人になっている。

そのおみちが、咲月を見て笑った。

「どこに行っていたの」

一晩で仲よくなったおみちは同い年だ。同じように親と家を失い、人から恵みを受けて生きていた。

「ちょっとお使いよ。見て、これいいでしょう」

天央院からもらった金で買った紙入れを見せると、おみちは目を輝かせた。

「きれい」

「でしょう。三島屋ってお店で買ったのよ」

途端に、おみちの目に涙があふれた。

驚いた咲月がどうしたのかと訊くと、おみちは、思い出したと言う。

「おとっつぁんが生きていた頃、いつも行っていたお店なの」

「そう。そうだったの。思い出させてごめん」

おみちは頭を振り、笑みを浮かべた。

「おかみさん、優しくてきれいな人だったでしょう」

「うん、とっても。あたしびっくりしちゃった」

「太ったおばさんはいたかしら」

「声が大きい人ね」

「そう。およねさんていうんだけど、わたし初めて行った時、あの人がおかみさんだと思っていたのよ。声が大きくて、気《き》っ風《ぷ》がいいから」

「あたしも思った」

二人はおよねのことを思い出したのだろう。くすくす笑った。

障子の陰に隠れて話を聞いていた天央院は、中に入り、笑みを作った。

「咲月さん、お帰りなさい」

咲月は慌てて居住まいを正し、両手をついて頭を下げた。

「ご報告しようと捜していました」

「いいのです。それよりお二人の元気な声が聞こえました。おみちさんは三島屋の常連客だったのですね」

天央院はお琴が来たとは言わず、二人から店のことを聞いた。そして、仙寿院に報告すべく、部屋に向かった。

三島屋は怪しい店ではないと知った仙寿院は安堵《あんど》し、天央院に言う。

「氷室殿があと一人ほど探して連れてくると言うておりました。それまでは気を抜かぬように。以後、誰も外へ出してはなりませぬ」

「承知しました」

天央院は表情を厳しくして応じ、おみちたちのところへ戻った。

四

左近は、三島屋の居間で読み物をしてくつろいでいたのだが、日が暮れて店じまいをするお琴とおよねの会話が気になり、顔を向けた。

板の間で売り物を整えているお琴が、新光院で見た娘さんが店に来たと言い、紙入れを求めていったとおよねに教えたのだ。

お琴が気にしたのは、おみちのことだ。また買い物に来てくれるだろうかと、およねと話している。

品物を整えたお琴が居間へ来たので、左近は気になって尋ねた。

「新光院の者が店に来たと聞こえたが、尼が来たのか」

「いえ、町方の娘さんです」

「では、助けられている者か。寺の者に間違いないのだな」

「はい。潜り戸を開けられた時、中で掃《は》き掃除をしていた娘さんが目に入りましたから」

「それだけで顔を覚えているとは、さすがだな」

お琴は照れ笑いを浮かべた。

「今朝見たばかりですから」

「謙遜《けんそん》するなよ。一度来た客の顔は、忘れず覚えているではないか」

そこへ、およねが来た。

「終わりました」

「お疲れ様」

お琴はさっそく夕餉の支度をしようと言ったので、左近は外へ誘った。

「今日は客が多くて疲れたであろう。たまには小五郎の店ですませぬか」

お琴とおよねは顔を見合わせて、二人揃って左近に微笑んだ。

「決まりだな」

左近はそう言って、権八の帰りを待って小五郎の店に行った。

店での話題は、やはり尼寺のことになった。おみちは明るく可愛い性格の娘だったらしく、お琴とおよねは、店が暇《ひま》な時は三人で茶菓《さか》を囲み、流行《はや》りの小物とか、化粧の仕方などを話していたという。

それだけに、今日尼寺から娘が来たことは嬉しかったらしく、届けた着物を着て三島屋のことを思い出してくれたおみちが、ふたたび訪ねてくれることを期待していた。

話を聞いていた左近は、今さらだが、三島屋が場所を変わっても繁盛するのがわかるような気がした。よい品を揃えるうえに、お琴とおよねの客に対する気持ちが、客に何度も足を向けさせるのだ。

公儀の目を疑う者たちが咲月を使い、様子を探ったとは思いもしない左近は、おみちが来るとよいな、とお琴に言い、話を聞いていた小五郎とかえでに微笑みを向けた。

翌日、お琴の店を出た左近は、浜屋敷に繋《つな》がる抜け穴を守っている山川吉助《やまかわきちすけ》とお紋《もん》夫婦を訪ねた。

将軍綱吉の許しを得たことで、抜け穴を使うことがなくなるが、新銭座町《しんせんざちょう》の仕舞屋《しもたや》で、このまま夫婦仲よく暮らすよう告げるためだ。

お紋は、もう来てくれないのかと寂しがったが、左近がまた来ると言うと、安心したようだった。

老臣をねぎらった左近は、夫婦で箱根《はこね》の湯にゆっくり浸《つ》かってくれと言って路銀《ろぎん》を渡し、西ノ丸へ戻った。

帰りを待ち構えていた間部が、甲府藩の江戸藩邸を守る江戸家老から送られた書類の山を持って現れ、

「早急にお目を通していただきたいそうにございます」

と、領地の運営に関わる事案の裁可《さいか》を求めてきた。

片づけて市中へくだったはずだが、出されたのは別件の仕事だ。

左近は藩主としての役目に忙殺《ぼうさつ》されるあまり、新光院のことは頭から消えていた。

三日が過ぎ、月例の登城をすませて西ノ丸に戻った左近は、ようやく落ち着いた。

忙しくする姿をそばで見ていた又兵衛などは、

「市中へ出られるからですぞ」

などと、出る回数を減らすようほのめかしたが、暇ができれば虫が騒ぐ左近だ。

それを見越してか、又兵衛は新井白石から預かったという書物を出してきた。

「次に本所へお渡りになる前に、お目を通していただきたいとのことです」

見れば、通鑑綱目《つがんこうもく》の続編、七巻と八巻だった。

わざわざ持って帰った匂いがぷんぷんする。

そう思い又兵衛を見ると、又兵衛は横を向いた。

続いて間部がまたもや書類を持ち、廊下に現れるではないか。

「さては、二人で示し合わせておるな」

「は?」

間部は不思議そうな顔をしたが、又兵衛を一瞥《いちべつ》する目には動揺の色が浮かんでいる。

「まあよい」

出るつもりがなかった左近は、書類から先に片づけにかかった。

甲府の領地運営は問題なく、気にかけていた川の治水も予定どおり進んでいる。

ふと気になり、間部に訊く。

「甲府城下では、親と家を失った者たちはどのように暮らしている」

急にどうしたのかという顔をする間部に、左近は雲徳寺と新光院の人助けのことを教えた。

又兵衛も間部も初耳らしく、そのようなところがあるのかと驚き、間部が言うには、甲府城下では残念ながら同じようなことをしている寺はなく、無宿となった者たちは、人から物を恵んでもらい、雨露《あめつゆ》をしのげる場所を転々として暮らしているはずだという。

又兵衛が続いた。

「江戸でも、町をうろついている子供の姿を見ることが多くなりました。生類《しょうるい》憐《あわれ》みの法度《はっと》に触れた親が捕まってしまい、家を失ったからだと言う者もおります」

左近はうなずいた。

「間部」

「はい」

「甲府城下にいる無宿の子供たちを助ける手立てを考えてくれ」

「承知しました」

「江戸にも、新光院や雲徳寺のような場所が増えるとよいのだが」

左近はそう期待したが、声をあげれば、将軍家の政《まつりごと》に口出しすることにな

ない様子。

る。柳沢が嫌うだろうと思い、左近は控えることにした。

四谷《よつや》の町で火事が起きたという知らせが来たのは、程なくのことだ。

廊下に現れた近侍《きんじ》四人衆の一人、早乙女一蔵《さおとめいちぞう》によれば、火はさほど広がってい

だが左近は、火事に遭った者たちを案じて、西ノ丸玄関横にある伏見櫓《ふしみやぐら》に上がった。

煙が北風によって、紀州徳川家の屋敷のほうへ流れている。半鐘《はんしょう》の音は聞こえないが、家を失う者のことを思い、胸が痛んだ。

「人というものは、いつどこで、災《わざわ》いに遭うかわからぬな」

ぼそりと言う左近に、背後に控えている間部は黙ってうなずいた。

又兵衛がここぞとばかりに言う。

「殿も、くれぐれもお気をつけくだされ」

振り向いた左近は苦笑いでうなずき、ふたたび煙が上がる町の方角へ目を向けた。

黒かった煙は、一刻（約二時間）ほどで白煙に変わり、やがて出なくなった。

それまで同じ場所から見ていた左近は、無事消火されたことに安堵し、御殿に

下りた。

自室に入ってすぐ、庭に気配を感じて広縁《ひろえん》に出た。庭木のあいだから小五郎が現れ、歩み寄って片膝《かたひざ》をつくのを見て、左近が問う。

「小五郎、いかがした」

「かえでが、おみちという娘を気にかけてらっしゃるお琴様のために、新光院へ様子を見に行って戻ったのですが、気になる節《ふし》があると申しますのでお耳に入れたく参じました」

「不審なことがあるのか」

「はい」

「申せ」

「はは。かえでが申しますには、新光院に助けられているのは十代の娘ばかりで、探っている時に、噂を聞いたと申して助けを求めてきた中年の女は、無下《むげ》に追い返したそうです」

「助ける者を選んでいると申すか」

小五郎はうなずき、さらに続ける。

「娘たちは宿坊で暮らしているようですが、行動に自由はなく、監視をされている感じがしたと、かえでは申しております」

「かえでは今どうしている」

「店におります」

「かえでがそう感じたなら、何か裏がありそうだな。今一度調べてくれ」

「承知しました」

「念のため、お琴がふたたび新光院へ行かぬよう頼む」

「はは」

小五郎は頭を下げてその場をあとにした。

五

十六歳のおもよは、先日四谷で起きた火事で住み込み奉公していた菓子屋が焼けてしまい、店主の家族と共に命からがら逃げて助かっていた。焼け出された店主は、妻子を連れて市ヶ谷《いちがや》にある親戚のもとに身を寄せ、行くあてがないおもよも一緒にいたのだが、その親戚の者は、下働きの女に食わせる余裕はないと冷たく当たり、また店主も、元々儲けの少ない小さな菓子屋だったこともあり、再建を早々にあきらめて女房の実家を頼り、おもよに黙って江戸を去ってしまった。

そうなれば、おもよが他人の家にいることはできない。

店主から次の奉公先を世話されることもなく、一文の銭ももらえず捨てられるように放り出されてしまったおもよは、身元を保証する身寄りもないため長屋を借りることもできず、仕方なく、次の奉公先が決まるまで神社の祠《ほこら》で寝起きをしていた。

火事から今日で十日になるが、一日足を棒にして回っても、住み込みで働かせてくれる店は見つからなかった。

煤《すす》で汚れた着物に、火事の火で焼け焦《こ》げてしまった髪を振り乱した姿で突然訪ねて雇ってくれと言っても、いやな顔をされるだけだった。

菓子屋で働いている時は、色白で美人だと客たちに言われていたが、寝起きしている神社の手水《ちょうず》に映る顔は薄汚れていて、横髪が切れて悪童のように広がっている。

「これじゃ、気味悪がられるに決まっている」

ため息をつくと同時に、悲しくて涙が出てきた。

もう二日も食べ物を恵んでもらえず、空腹を満たすために水を飲んだおもよは、杉に囲まれて薄暗い境内《けいだい》を歩いて祠に入ろうとしたのだが、木陰から二人の男が出てきて前を塞いだ。

にやついた遊び人風の男たちは、昨日から町で見ていた顔だ。いやらしそうな目をしていたので用心はしていたが、跡をつけられていたのだ。

男たちが近づいてきた。

おもよは逃げようとしたが、腕をつかまれ、恐ろしくて声も出ない。

男の一人が顔をのぞき込んできた。

「なるほど、よく見ればいい顔をしているじゃねぇか。おい、こんなところで寝泊まりしないで、おれたちと来なよ。たっぷり飯を食わせて、楽しませてやるぜ。さ、行こうか」

おもよは引く手を振り払い、逃げた。だがすぐに追いつかれ、帯をつかんで抱きつかれた。

「助けて、誰か！」

「声を出しても、こんな神社に誰も来やしねぇよ。おい、足を持て。祠に連れ込んでやっちまおうぜ」

「観念しておとなしくしろ。取って食いやしねぇから」

「いや、いやあ！」

脇を抱えられ、足を持たれて運ばれるおもよは絶望したが、

「やめぬか！」

大声がしたかと思うと、足を持っていた男が顔を殴られ、手が離れた。

「野郎！」

脇を抱えていた男がおもよを放し、侍に殴りかかったが、手刀《しゅとう》で首をたたかれ、呻《うめ》いて倒れた。

地べたに落とされて仰向《あおむ》けになっていたおもよは、はだけた着物を合わせて足が見えぬよう直し、襟《えり》をつかんで肌を隠しながら震えている。

身なり正しい侍が歩み寄り、手を差し伸べてくれた。

「こんなところにいるから襲われるのだ。わたしと来なさい。お前のような者が集まる尼寺へ連れていってやろう」

尼寺と聞いて、おもよは助かったと思った。

侍の顔は怖いが、助けてくれたから優しい人に決まっている。

そう思ったおもよは侍の手をつかみ、強い力で引かれて立ち上がった。

おもよは、境内を歩く侍が男たちに振り向いた時に、互いに目を合わせてほくそ笑んだことを知らなかった。

おもよが侍に連れられて境内から出ると、男たちは起き上がって座り、

「女め、まんまと騙《だま》されたな」

「しかし松岡《まつおか》の旦那は、手加減というもんを知らねぇから困る」

男は殴られた顔をさすりながら、仲間と顔を見合わせて笑った。

三人が繋がっているなどとは思いもしないおもよは、道を歩く侍の大きな背中ばかり見て、安堵しながらついていく。

すっかり暗くなってから、新光院に到着した。

侍が門をたたくと、程なく潜り戸が開き、顔を出した白い頭巾が月明かりに浮かび上がった。

「無宿の娘を連れてきましたぞ」

侍が言うと、

「ご苦労様」

厳しそうな女の声がした。

侍に手を引かれて前に出されたおもよに、尼は声とは違い、優しそうな笑みを浮かべた。

「安心なさい。辛《つら》い目に遭いましたね。さ、お入り」

おもよは、侍に振り向いた。

「あの、お名前をお教えください」

礼を言いたくて訊くと、侍は松岡だと教えてくれた。

「松岡様、お助けくださりありがとうございます」

「うむ。こちらの天央院殿の言うことをよく聞いて、達者で暮らせ」

「はい」

おもよが頭を下げると、松岡は笑みでうなずき、中に入るよう促した。

言うことを聞いたおもよは、もう一度頭を下げて礼を言い、潜り戸から入った。

天央院は、松岡に小声で言う。

「これで揃いました」

「はい」

松岡は天央院と悪い笑みを交わし、きびすを返して立ち去った。

いっぽう、おみちはこの時、仲がいい咲月と夕餉をすませ、洗い物をしていた。

同年代の十七、八の娘が七人もいる台所はにぎやかだった。

おみちも咲月と話をして笑いながら、片づけをしている。

そこへ仙寿院と天央院が来た。

「皆さん、よろしいですか」

天央院に言われた途端に場が静まり、娘たちは仙寿院がいる座敷に向かって頭を下げた。

おみちは、天央院の横で立っている娘を見て、また一人増えるのだと思った。

火事で行き場を失ったのだと天央院から教えられ、薄汚れているわけがわかり、気の毒だと思った。

ここにいるみんなは、おみちのように身寄りをなくしたり、奉公先を失って物《もの》乞《ご》い同然の暮らしをしていた者ばかりだ。

「もよです」

そう言って頭を下げたおもよを皆は受け入れ、おみちは咲月と共に、おもよのために粥《かゆ》をこしらえた。

おもよは二日も食べていなかったと言い、おみちがよそった粥を泣きながら食べた。

咲月が境遇を訊けば、おもよは巣鴨村《すがもむら》の農家に生まれたのだが、早くに両親を亡くしてしまい、八歳から四谷の菓子屋で住み込み奉公をしていたという。

火事のことや、神社で危ない目に遭っていたところを助けられたのだという話を聞いて、咲月が、あたしも似たようなものだと言った。

「あたしは貧しい家に生まれて、早くに親と姉さんを亡くしたのよ。十《とお》の時から奉公をしていた八百屋《やおや》が夜逃げをしてしまったから、住む場所をなくして、夜中にこっそり屋形船に忍び込んで寝ていたの。食べる物は恵んでくれる人がいたから、その暮らしも悪くなかったのよ。だから、お侍さんにここに来るよう誘われた時は断ったんだけど、さっきおもよちゃんが言ったように、二人のろくでなしに襲われて、もうだめだとあきらめかけた時に松岡様に助けられたの。あたしたちのような女にとって、江戸は恐ろしいところね。でも、もう大丈夫よ。ここはとぉっても、居心地がいいから」

明るくて饒舌《じょうぜつ》な咲月の言葉に、おもよもようやく笑みを見せた。

他の娘たちもおもよのそばに来て、身の上話をはじめた。

誰もが一度は辛い目に遭っているため、皆で団結し、いつか寺を出て働こうと言い合っている。

その様子を見守っている仙寿院と天央院に、おもよは改めて礼を言い、頭を下げた。それにならうかのように、他の娘たちも頭を下げる。

仙寿院は優しい笑みを浮かべ、

「いつかきっと、光が当たる時が来ますから、それまでここで、しっかり女を磨いていてください」

そう言うと、天央院と共に皆の前から去った。

気配を殺し、影のように潜んでいるかえでに気づかない仙寿院は、宿坊にいたる廊下を歩みながら、天央院にたくらみを含んだ笑みを向ける。

「これで、約束の頭数が揃いました。今日来た娘の髪をどうにかしなさい。あれでは、売り物にならぬ」

「日をいただきとうございます」

「すぐには来ぬが、二、三日のうちにはなんとかしなさい」

「承知いたしました」

悪だくみがありそうな二人を物陰から見ていたかえでは、左近に知らせるべく、その場から去った。

六

左近は、ふたたび西ノ丸へ来た小五郎から報告を受け、引き続き探らせるいっぽうで、男の無宿人を助けているという雲徳寺のことが気になった。

「雲徳寺は、どうであろうな」

小五郎に意見を求めると、

「そちらにも金を出している常陸屋欣五郎が、深く関わっているかもしれませぬ。お許しをいただければ、すぐに調べます」

と、探索の許しを乞《こ》うてきた。

左近は小五郎に常陸屋をまかせ、自ら雲徳寺を探るために、西ノ丸をくだった。

新緑《しんりょく》の色の濃さが増した時季の昼下がり、左近は参詣をする体で雲徳寺の山門を潜《くぐ》った。

境内を本堂に向かおうとすると、どこからか坊主が現れ、駆け寄ってきた。

「なんのご用ですか」

頭を青々と剃《そ》った坊主は、痩《や》せこけた頬のせいか人相が悪く、眼光も鋭く見える。

疑念を隠そうともしない眼差しに、左近は飄々《ひょうひょう》と答えた。

「己を見つめなおすため、坐禅《ざぜん》を頼みにまいった。よろしいか」

すると、坊主は表情を穏やかにして、

「よろしいですとも。こちらへどうぞ」

快諾《かいだく》し、案内してくれた。

通されたのは、坐禅道場の看板が掲げられた建物で、板の間からは、泉水《せんすい》と緑が美しい庭が見える。

庭に向かって一人で坐禅を組み、こころを無にする左近であったが、半刻（約一時間）ほど過ぎた頃に、こちらの様子をうかがう者がいるのを感じ取った。

背後にあったその気配は、やがて庭に移動し、程なくして消えた。

坐禅を組み、無の境地にいたっていた左近の研《と》ぎ澄《す》まされた感覚が、わずかな気配も逃さなかったのだ。

消える前に目を開けた左近の視界の端に、武家と商人風の後ろ姿が見えた。

背後の足音に振り向くと、眉《まゆ》の濃い、きりりとした面立《おもだ》ちの坊主が声をかけてきた。

「当寺の住職、藤庵《とうあん》でございます」

「新見と申します」

左近が頭を下げると、藤庵は板の間に正座し、左近を見てきた。

「坐禅はいかがでございましたか。こころを鎮《しず》められましたか」

「おかげさまで」

「失礼ですが、宮仕《みやづか》えをされていないお方かと拝察しました」

「いかにも」

左近が苦笑いを見せて言うと、藤庵はうなずいた。

「何か悩みがおありならば、拙僧が聞きましょう」

今の暮らしぶりなどを訊かれた左近は、仕官の口もなく、親の遺《のこ》した銭で暮らしている遊び人だと言うと、藤庵は穏やかな笑みを浮かべた。

「将軍家は、ご母堂《ぼどう》様と共に神社仏閣《じんじゃぶっかく》の造営にかかる費用を惜しまず使われますが、悲しいかな、近頃江戸では、今日の糧《かて》に困る者が増えております。親が遺してくれた財で食べていけるそなた様は、恵まれたお方。焦《あせ》らぬことです」

諭《さと》すのではなく、突き放すように言う藤庵は、帰るよう促した。

「お邪魔をした」

左近は立ち上がって頭を下げ、早々に退散した。

境内を山門に向かう左近を見ていた藤庵が、背後に来た配下の坊主に言う。

「あの者、相当な遣《つか》い手《て》だ。浪人のふりをして探りを入れに来たのかもしれぬ。念のため、気づかれぬよう住処《すみか》を探れ」

「はは」

配下の坊主は、急ぎ山門へ向かった。

左近は町に出て程なく、跡をつける者に気づいたが、素知らぬ顔で歩みを進め、三島町には向かわず逆方向の赤坂《あかさか》へ行った。

辻《つじ》を曲がるたびに、しつこくついてくる人影を目の端に捉《とら》えていた左近は、赤坂御門前の町中で身を隠した。

追ってきた坊主は、忽然《こつぜん》と姿を消した左近を捜してあちこちに目をやっていたが、左近が身を潜める商家の前まで来ると、舌打ちをした。あたりを見回しながら歩いていた坊主は、町の男児とぶつかりそうになり、

「ええい。前を見て歩きやがれ！」

と苛立ちのままに口汚く罵《のの》しって立ち去った。

その姿はまるで、

「気の荒いやくざ者だな」

独りごちた左近は、坊主にあらずと見抜いた。

小五郎が何かつかんでいるかもしれないと思い、三島町に足を向けてお琴の店に行き、煮売り屋が開くのを待った。

小五郎とかえでは夕方に戻ってきて、店を開けた。

客が減る頃合いを見計らって左近が店に行くと、長床几《ながしょうぎ》に客の姿はなかった。

板場の近くの、いつもの場所へ行こうとした時、小上がりにいたかえでが気づき、駆け寄った。

「岩倉様がお見えになられています」

花見以来だと思いながら、左近は小上がりに目を向けた。すると岩倉は、目が合うなり苦笑いを浮かべた。

「その顔は、また何か心配ごとがあるようだな」

「わかるか」

「こんな遅くに配下の店に来る用といえば、他になかろう。こたびはなんだ。まあ座れ」

向かいを示され、左近は応じて座った。

酒をすすめられて受け、雲徳寺と新光院のことを教えると、岩倉は興味を示してきた。

「なるほど、それは怪しい。西国《さいごく》を旅した時、行き場のない者たちを助ける寺に立ち寄ったことがあるが、老若男女かかわりなく、救いの手を差し伸べていた。年頃の娘ばかりを集めるような寺は、何かある。して、おぬし自ら足を踏み入れた雲徳寺のほうは、どうだったのだ」

「身を寄せている無宿人らしき者は見なかったが、気になるのは、寺を出てすぐ、跡をつける者がいたことだ。小五郎、何かわかったか」

小五郎が板場から料理を持ってきて、左近の問いに答えた。

「常陸屋の周辺を調べましたが、ほとんどの者が欣五郎を人のいい商人だと言います。ただひとつ、気になることがありました」

「悪事か」

「はっきりそうとは言い切れませぬが、殿が行かれた雲徳寺に繋がるかもしれませぬ」

小五郎は、一膳飯屋《いちぜんめしや》の女将から聞いたことだと言い、話を続けた。

「常陸屋の奉公人の中には、欣五郎が連れてくる人足《にんそく》たちのことを、どこで集めてくるのか不思議だと言う者がいるそうです。その人足たちは皆、常陸屋の石切場や普請場《ふしんば》に送られるそうなのですが、いずれも過酷な仕事で、毎年のように死人が出るため、これまでは人を集めるのに苦労していたようなのです」

左近は、権八が言っていたことを思い出した。

「雲徳寺が救いの手を差し伸べた無宿人たちは、和尚の口利きで職を見つけ、元気に働いていると聞いているが……」

岩倉が口を挟んだ。

「その者たちは、常陸屋の仕事場に連れていかれたな」

左近はうなずいた。

「十分考えられる」

岩倉は酒を飲もうとしてやめ、杯《さかずき》を置いた。

「花見では景気がよいところを見せつけられたが、雲徳寺から送られた者たちから搾《しぼ》り取った銭かもしれぬ。もしそうだとすれば、酒を飲んでしまったのが悔《く》やまれる」

左近は、苦い顔をする岩倉に言う。

「おぬしが言うとおりならば、その者たちに酒代を返さねばならぬな」

岩倉が目を見てきた。

「助け出すなら、手伝う。石切場と普請場はどこだ」

「まあ待て。雲徳寺と常陸屋、そして新光院の繋がりと悪事を暴《あば》くのが先だ。小五郎、かえで、引き続き、寺を探ってくれ」

「承知しました」

小五郎とかえでは、揃って頭を下げた。

岩倉が小五郎に言う。

「わたしも手伝う。今日から泊めてもらうぞ」

初めてのことに、小五郎とかえでは驚いて左近を見た。

左近がうなずくと、小五郎は応じて、岩倉に言う。

「では、奥の一間をお使いください」

岩倉はうなずき、左近に酒をすすめながら疑問を口にした。

「雲徳寺が集めた男たちを過酷に使っているとすれば、新光院に集めた女たちには、何をさせているのだろうな。かえで殿の前で言うのは心苦しいが、わたしには、いやなことしか思い浮かばぬ」

酌を受けた左近は、近いうちにわかると答え、かえでを見た。

「頼むぞ」

「はい」

かえでは険しい面持《おもも》ちで応じ、小五郎と板場に入った。

明日からのことを打ち合わせているのだろうと思いつつ、左近は岩倉と、寺のことを話した。

「おぬしが思うとおりならば、娘たちはどこかに連れていかれる時が来る。その時は、よろしく頼む」

左近が頼むと、岩倉はうなずき、探るような顔で問う。

「城へ戻らねばならぬのか」

「市中には、明日までしかおれぬ」

岩倉は厳しい目をした。

「花見の時、将軍から許しが出たと申していたが、何かと忙しくさせられているようだな。外へ出さぬためではないのか」

「今の時期は何かと行事が多いのだ。形ばかりの世継ぎだが、空けるわけにはゆかぬ。行事と重なり出られぬ時は、よろしく頼む」

「わかった。まかせておけ」

岩倉は力強く言い、微笑んだ。

七

左近が西ノ丸に戻って二日が過ぎた。

小五郎とかえでが手分けして寺を探り続けてわかったのは、雲徳寺がふたたび無宿の男たちを集めはじめたことくらいで、新光院では、娘たちの穏やかな暮らしが続いている。

おみち、咲月、おもよ、この三人は日が経つにつれて仲よくなり、宿坊には笑い声が絶《た》えない。

夜明けと共に忍び込み、茂みや床下など、場所を変えて寺を探っていたかえでは、悪事などないのではないかと思いはじめていた。

そんな昼下がり、隣の雲徳寺から藤庵和尚が仙寿院を訪ねてきた。寺社方の者と思《おぼ》しき侍を一人連れている。

この侍が氷室玄馬だとかえでが知ったのは、宿坊の床下に忍び込んだ時だ。

仙寿院の笑い声と、藤庵が氷室様と呼ぶ声が聞こえたが、話し声が小さくなり、内容が聞き取れなくなった。

もどかしくなったかえでは、床板に耳を近づけてみたが、聞こえたのは足音のみで、どうやら早々に帰るようだ。

かえでは、音もなく床下を移動して外を見た。

縁側から下りた藤庵と氷室は、また来ると言い、雲徳寺に帰っていった。

何も怪しいところはない。

そう感じたかえでであるが、その後もしばらく床下に潜み、続いておみちたちの様子を見ようと床下から這《は》い出し、仙寿院と天央院が本堂に入るのを見届けたあと、娘たちのいる宿坊に移動した。

常ならば、おみちたちは今、夕餉の支度に取りかかっているはずだ。

また騒がしくしているのだろうと思いながら境内を移動していたかえでは、急に湧《わ》き上がった殺気に振り向いた。相手を見るより先に身体が勝手に動き、開脚して地面に手をついた。

突き出されていた六尺棒《ろくしやくぼう》が、かえでの頭上で転じられ、唸《うな》りを上げて鋭く振るわれる。

「えい！」

気合と共に打ち下ろされた六尺棒を、かえでは横に転がってかわした。

険しい顔で棒を構えたのは、藤庵だった。

「何者だ」

低い声で問われたが、かえでが答えるはずもない。殺気に応じて、腰の帯に差している小太刀《こだち》を抜き、逆手に構える。

藤庵が睨《にら》んだ。

「忍びか。誰の手の者か知らぬが、覚悟いたせ」

言うと同時に、猛然と前に出た。

「むん！　えい！」

鋭い突きをかわすかえでに休む間を与えず横に振るう。

硬い棒がしなるほどの速い攻撃で腕を打たれたかえでは、飛ばされて倒れた。

追って跳ぶ藤庵が、仰向けに倒れたかえでの胸を狙って突き下ろす。

横に転がってかわしたかえでは立ち上がったのだが、振るわれた六尺棒を小太刀で受けるのがやっとだ。

たまらず跳びすさって離れ、きびすを返して走ると、石灯籠《いしどうろう》を足場に土塀をめがけて跳び、瓦《かわら》を踏んで外へ飛び降りると、打たれた右腕を押さえて顔をゆがめながら走り去った。

境内にいる藤庵の背後に、氷室が来た。

「おぬしの棒術から逃れるとは、なかなかの忍びだな。以前怪しげな浪人が坐禅をしに来たと申したが、その者の仲間であろうか」

藤庵は六尺棒を脇に抱えて振り向いた。

「呑気《のんき》に言うておる場合ではないかと。そろそろ潮時《しおどき》かもしれませぬぞ」

「探りを入れていたとしても、何も見られておらぬではないか。次に怪しい者がおれば必ず仕留めろ。よいな」

「はは」

「何ごとですか」

宿坊の廊下を、仙寿院が早足で来た。

「氷室殿、曲者《くせもの》がいたのですか」

「鼠《ねずみ》が一匹おりました。念のため、例のことは今夜に早めます」

「今夜ですか」

「はい。支度をお願いします」

「鼠と申したが、まことに大丈夫か」

「ご案じなく。何も見られておりませぬ」

そう言って雲徳寺に引きあげる氷室と藤庵を見送った仙寿院は、天央院に支度を命じた。

何も知らぬおみちは、咲月とおもよと並んで夕餉の支度をしていた。他の五人の娘たちも、楽しそうにしゃべりながら台所で手を動かしている。

そこへ天央院が来て、皆に集まるよう声をかけた。

おみちは、咲月とおもよと、何かしらと言いつつ、板の間に立っている天央院のそばへ歩み寄った。

天央院が皆に言う。

「急なことですが、今夜は食事を早めて、湯殿《ゆどの》で身を清めてください」

もう半年以上前から寺にいる咲月が、遠慮なく訊く。

「天央院様、身体を清めて何をするのですか」

天央院は微笑んだ。

「町に出て奉公するためには、女らしく、美しくなくてはなりませぬ。そこで今夜は、皆さんに化粧をしてあげましょう」

途端に、娘たちの表情が曇った。無宿になり、生きることをあきらめかけていた娘たちは、寺の外へ出るのが不安なのだ。

天央院は皆を見て、手を打ち鳴らした。

「ほら、そんな顔をしないの。新しい着物もありますから、袖を通した自分の姿を見れば、きっと気持ちが明るくなって、外へ出る気になりますよ。身を清めたら、仙寿院様の宿坊に来てください。いいですね」

「はい」

逆らう気がない娘たちは声を揃え、食事の支度に戻った。

おみちも、気乗りしないと言う咲月を励まして食事をすませ、四人ずつ順番に湯殿を使って身体を洗った。

おみちは、おもよと背中を流し合った。

湯から上がり、浴衣《ゆかた》を着て仙寿院の宿坊に渡ると、見たことがない女たちが三人待っていた。天央院が髪結《かみゆ》いだと紹介した女たちの前に順番に座り、化粧をしてもらった。

火事で焼け焦げていたおもよの髪は、髪結い女のおかげで目立たなくなっている。化粧をしたおもよの顔を見たおみちは、驚いて咲月と顔を見合わせ、二人揃っておもよに言う。

「きれいだわ」

照れたおもよは、おみっちゃんもさっちゃんも美しいと言い、三人で笑い合った。

化粧が終わると、一人一人に新しい小袖が渡された。

先に受け取った咲月とおもよが、花柄の着物を手に喜んでいる。

自分の番になり、胸を躍《おど》らせて受け取ったおみちは、見覚えのある若草柄の小袖に目を見張った。

「天央院様、この着物は」

すると天央院が歩み寄り、微笑んだ。

「三島屋へは、いつも行っていたのでしょう」

「まさか、おかみさんが」

「そう。あなたにって、届けてくださったのよ」

おみちは胸がいっぱいになった。

「どうして、ここにいることを……」

「あなたが松岡殿に連れてこられるのを見て、届けてくださったのです」

「では、お礼に行きます」

「そうですね。そのうちに」

「はい」

「いいなぁ」

咲月がうらやましがった。

「あたしもおかみさんに会いたいわ」

目尻を拭《ぬぐ》ったおみちは、咲月に顔を向けた。

「そうね、一緒に行きましょうよ」

「ええ、その時はおもよちゃんも一緒よ」

いつ行けるか訊こうとした咲月の口を制すように、天央院が袖を通すよう促した。

皆が従って着物に袖を通し、身なりを整えると、天央院は髪結いの女たちを帰らせ、おみちたちを別室に連れていった。

「仙寿院様に見ていただきますから、ここに並んでお座りなさい。皆さん見違えるほどきれいだから、きっと驚かれますよ」

横一列に座らされたおみちたちは、大恩ある仙寿院が喜ぶ顔が見たくて待っていた。

廊下の障子が開けられたので、仙寿院が来たのだと思い笑顔を向ける。

だが、姿を見せたのは仙寿院ではなく、見知らぬ顔だ。見るからに恐ろしい面《つら》構《がま》えをした男と、手下と思しき人相の悪い男が二人、おみちたちを逃がさぬ体で前後に立った。

息を呑む娘たちの前に立った男が、一人ずつじっくり顔を見てほくそ笑む。

「こいつはいい」

「あんた誰よ」

強気に言ったのは、おみちの左隣にいる咲月だ。

「おれか。おれはな、お嬢さん、岩定《いわさだ》の五六治《ごろじ》というもんだ」

「なんの用があって来たのよ」

「そう食ってかかるな。お嬢さん方は、おれのもんなんだからよ。仲よくしようじゃないか」

咲月は不服そうな顔をした。

「意味がわからないよ。どういうことだい」

「まあ手短に言えば、お嬢さん方はこれから行く中山道《なかせんどう》筋の宿場で働いてもらう。そういうことだ」

「宿場で働くだって？　何勝手なこと言ってるのさ。あたしたちはあんたの言いなりになんかならないよ」

気丈に言い放つ咲月に、五六治は鬼の形相《ぎょうそう》となった。

目の前に立たれ、咲月は恐ろしくなったらしく、顔を下に向けた。その細い顎をつかんだ五六治が、上を向かせて言う。

「何を言っても無駄なことだ。あきらめな」

投げるように顎を放された咲月が、睨み返して言う。

「宿場に連れていって、何をさせる気なのさ」

「言っただろう。働いてもらうのさ。泊まり客の世話をする仕事だ。おめぇには、七軒町《しちけんちょう》にできる旅籠で働いてもらうつもりだったが、闇将軍が潰されちまったので売るあてがはずれちまって、今日まで寺でぬくぬく暮らしてられたってわけだ。まあそのおかげで、思わぬ粒が揃った。中山道の田舎《いなか》の宿場に行けば、江戸の女は高く売れる。お前さんたちも、飯を食えて布団で寝られるのだし、何より稼げるんだ。いつまでも寺に甘えてないで、働くこった」

咲月が言い返す。

「あたしがなんにも知らない女だと思ってなめるんじゃないよ。品川《しながわ》の旅籠にいる飯盛女《めしもりおんな》のように、死ぬまで客を取らせる気だろう」

五六治が鼻先で笑った。

「見てきたようなことを言うじゃぁねぇか。おめぇまさか、足抜け者か」

「そんなんじゃないよ」

「まあいい。なんであろうとおめぇは、おれが寺に高《た》けぇ銭を出して買ったんだ。言うことを聞いてもらうぜ」

「冗談じゃない。男に遊ばれるなんてごめんだよ！」

「だから、そうは言ってねぇだろう」

「騙されないよ。旅籠に売られたら最後、死ぬまで男を取らされるんだ。あたしの姉さんも、そうやって死んだんだ」

咲月は叫んで五六治を突き放し、逃げようとした。

手下の男が立ちはだかり、首をわしづかみにした。

「うう」

苦しんだ咲月は、顔をゆがめて手を放そうとしたが強い力に負け、気を失う寸前で押し倒された。

咳《せ》き込む咲月に駆け寄ったおみちとおもよが、助けてかばい、身を寄せ合った。

手下は冷ややかな顔で見おろし、逃げたら殺すと脅《おど》した。

「どうせ関所は出られないよ！」

別の女が叫ぶと、男たちはせせら笑い、

「どうとでもなる」

五六治が吐き捨てるように言った。

おみちは恐ろしくて、逆らえなくなった。

外に出ろと言われて、咲月を守って廊下に出た。すると、庭には四台の荷車があり、長持《ながもち》が二つずつ載せてある。

周囲に男たちが大勢いる中、仙寿院と天央院が本堂から見ているのに気づいたおみちが目を向けると、目が合った仙寿院は、これまで見たことがない意地の悪い笑みを浮かべた。

無理やり連れていかれたおみちは、猿ぐつわを嚙《か》まされた。背中を押され、荷車から降ろされた長持の前に立たされる。

「さっさと入れ」

恐ろしくて、言われたとおりにしようとしたおみちの横で、

「地獄行きはいや！　いや！」

おもよが叫び、男を突き飛ばして逃げた。

それを見た他の娘たちも、騒いで逃げようとした。

「逃がすな！」

五六治が怒鳴り、手下たちが追っていく。

次々と捕まった娘たちが、泣き叫んで抵抗した。

手をつかまれ怯《おび》えたおみちが相手を見やると、咲月だった。

手を引かれるまま走り、山門から出た。

「外に逃げたぞ。追え！」

気づいた手下の怒鳴り声を背中で聞きながら、おみちと咲月は逃げた。

「おもよちゃんが……」

猿ぐつわをはずしたおみちが言ったが、咲月は止まらない。

「お役人に知らせて助けてもらうから、今は逃げるよ」

言われたおみちは咲月について暗い道を走った。

「待て！」

足音が近づいたのでおみちが振り向くと、鬼の形相で二人が追いついてくる。

必死に走ったが、帯をつかまれ、強い力で引かれた。

「いや！　放して！」

「うるせえ！」

顔をたたかれたおみちは、道に倒れた。

咲月も捕まり、腹を殴られて呻いている。

「手間を取らせやがって」

言いながらおみちの腕を引いて立たせようとした手下が、

「うっ」

と呻き、突然、足から崩れるように仰向けに倒れた。

黒装束《くろしょうぞく》の女がいることに気づいたおみちが目を見張っていると、もう一人の手下が刃物を抜き、女の背後から襲いかかった。

刺される。

そう思ったおみちが声をあげる前に、黒装束の女は振り向き、刃物をつかんだ手下の手首を取り、股間に膝蹴りを入れた。

無様な声で呻いた手下は、辻灯籠の明かりでもわかるほど顔を真っ赤にして、両手で股間を押さえて苦しんでいる。

こちらに振り向いて歩み寄る女の顔を見たおみちは、驚きの表情を浮かべた。

「三島屋のお隣の……」

煮売り屋のかえでだと気づくと、かえではおみちをかばうように抱き寄せた。

「もう大丈夫。怪我《けが》はない？」

「はい」

「二人とも逃げましょう」

優しく手を引かれたが、おみちは懇願《こんがん》した。

「かえでさん、まだおもよちゃんがいます。他にも五人いますから、どうか助けてください。このままだとみんな、悪い人たちに中山道筋の宿場に連れていかれて、ひどい目に遭わされます」

「大丈夫。わたしの仲間が助けるから安心して。三島屋のおかみさんが待ってらっしゃるから、行きましょう」

そう言われたおみちは、咲月と顔を見合わせ、うなずき合った。

三人で夜道を歩いていると、咲月がかえでに訊いた。

「三島屋のおかみさんは、やっぱりご公儀の人だったのですね」

すると、かえでは驚いた顔を向けた。

「どうしてそう思うの」

「あたし、天央院様に言われて、お店を探りに行ったんです。人気のお店で、ご公儀の人には見えなかったのですが、お姉さんも強いし、やっぱりそうなのですね」

「違うわよ。おかみさんはおみちさんを心配されていただけだから、人には言わないこと、いいわね」

そう言ったかえでは、途中で待っていた小五郎の配下に尼寺の動きを伝え、お琴の店に向かった。

八

行くあてもなく逃げていたおもよの前に、一人の侍が現れた。

おもよは目を見張る。

「松岡様」

神社で危ないところを助けてくれた松岡にしがみつくように抱きつき、悪い人たちに追われていると訴えた。

そこへ、手下たちが追いついてきた。

松岡が打ちのめしてくれるものだと期待したおもよだったが、松岡はおもよの手をつかみ、手下たちに向かって突き放した。

「松岡様、どうして」

おもよが見ると、松岡は以前とは別人のように、悪い顔で笑った。

騙されたことに気づいたおもよは、絶望して力が抜けた。

逃げられなかったおもよを含む六人の娘たちは、岩定の五六治とその手下どもに捕まってしまい、猿ぐつわを噛まされ、手足を縛られて長持に押し込められた。

よろけながら戻ってきた二人の手下が五六治の前で四《よ》つん這《ば》いになり、邪魔が入って逃げられたと報告した。

怒った五六治は手下を殴り、皆に言う。

「町方が来たら面倒だ。二人はいい。先を急ぐぞ」

へい、と応じた手下たちが、頬被《ほおかぶ》りをして荷車に取りつき、寺から離れた。

新光院の山門はすぐに閉じられ、何ごともなかったかのような静寂に包まれた。

町方が来たところで、寺社奉行の管轄《かんかつ》である新光院には入れない。

そう高《たか》をくくっている仙寿院は、天央院と共に宿坊に戻り、うまくいったと笑い合っている。

娘たちを連れ去る五六治とその一味は、役人の目を避けるため渋谷《しぶや》方面を目指し、田舎の道を通って江戸から離れるつもりでいる。

麻布《あざぶ》を流れる新堀川《しんぼりがわ》沿いの道は、夜は人気《ひとけ》が絶える寂しい場所だ。悪事を働く五六治にとっては、都合がいい逃げ道だった。

誰も声を出さず黙々と進む中、長持の中から、娘の呻き声が微《かす》かに聞こえてきた。

手下が長持を棒でたたき、

「静かにしねぇと、槍《やり》を突き刺して殺しちまうぞ」

脅すと途端に静かになり、手下どもはほくそ笑んだ。

「お頭《かしら》、今回は上玉揃いですから、売り飛ばす前にお手をつけなすったらどうです」

「馬鹿を言うもんじゃぁねぇよ。高い金を払っているんだ。傷物にせず届けねぇと儲からねえ」

そう言いながら先を急ぐ五六治たちの行く手に、黒い人影が三つ現れた。

「なんだてめぇら」

手下が言って止まると、黒い姿の三人の前に、もう一人現れた。

その者は岩倉具家。そして黒い姿の三人は、小五郎と配下だ。

五六治が言う。

「さてはてめぇら、今江戸を騒がせている盗賊一味だな」

岩倉は、調子を合わせたように片笑《かたえ》む。

「蛇《じゃ》の道は蛇《へび》だ。その荷物をいただく」

悪乗りする岩倉に、小五郎は驚いた顔を向けている。

五六治が唸る犬のように歯をむき出した。

「てめぇらが望む物なんざ入っちゃいねぇ。そこをどけ」

「悪党がほざくな」

岩倉は言うなり抜刀し、猛然と迫った。

刃物を抜く手下の肩を峰《みね》打ちで倒し、棒で打ちかかろうとした別の手下の腹を打つ。次の手下に迫るや否《いな》や、こちらも肩を峰打ちした。

またたく間に三人の手下を倒された五六治は、息を呑んで目を見張り、他の手下を前に出して下がった。

逃げようとした手下どもを小五郎の配下が追い、取り押さえて腕をねじ上げている。

小五郎は、岩倉が五六治を峰打ちで倒すのを見届けて荷車の縄を切り、長持の蓋《ふた》を開けた。

若い娘が、頬を濡らして怯えていた。

「怖かったな。もう大丈夫だ」

縄を解き、猿ぐつわをはずしてやると、娘は外に出て、他の娘たちを助けに行った。

抱き合って無事を喜ぶ娘たちを岩倉にまかせた小五郎は、長持を縛っていた縄で五六治とその一味を荷車に縛りつけ、五六治の手下に引かせて、近くの自身番《じしんばん》に連行した。

五六治と手下どもが捕らえられたことなど知る由《よし》もない仙寿院は、娘たちを売った知らせを受けて集まった氷室と藤庵、そして常陸屋欣五郎の三人を、天央院と共にもてなしていた。

酒が進み、上機嫌の欣五郎は、仙寿院と天央院にも酒を注いでやりながら、氷室と藤庵に言う。

「雲徳寺に集めた男たちをただ同然で働かせているおかげで、ずいぶん儲かっていますよ」

すると氷室が、悪い笑みを浮かべた。

「常陸屋、分け前を忘れるなよ」

「わかっておりますとも。これを、皆さんでお分けください」

欣五郎は、五六治が置いていった娘たちの買い取り金の三百両に、百両を重ねた。

氷室が二百両を取り、仙寿院と藤庵に百両ずつ分け与える。

欣五郎は藤庵に、悪い坊様ですなと言い、仙寿院には、これからも困っている女どもを騙して儲けてくれと言いながら高笑いをした。そして、思い出したように口にする。

「そういえば仙寿院様、女たちを連れて出た時に騒ぎがあったそうですね」

「二人ほど逃げたようですが、五六治は捨てて行きました」

「大丈夫でしょうか。役人が来ませんか」

「無宿人の女が言うことなど、まともに聞きはしないでしょう。たとえ来ても、氷室殿が手出しをさせませぬ。のう、氷室殿」

「はい。我らは町の無宿人に仕事を与えてやっているのですから、何も文句は言わせませぬ」

　氷室はそう言うと、欣五郎に顔を向けた。

「常陸屋、五六治が払《はろ》うた三百両のことだが、おぬしはいらぬのか」

「手前は男どもで儲けさせていただいておりますからよいのです」

　氷室は片笑む。

「石切場だけではなく、埋め立て普請であれだけの人数をただ働きさせているのだから、確かに儲けも出るよのう」

「ただではございませんよ。一日に二度も食わせているのですから」

「まあよい。せいぜい儲けて、我らにもいい思いをさせてくれ。そのためには、いくらでも人を送るぞ。無宿人は、虫が湧くように出てくるからのう」

「もしや、四谷の火事は氷室様が……」

「馬鹿を申せ。江戸では黙っていても火事は起きる。それに今は、凶悪な盗賊も出ておるゆえ、住む家を失う者もおる」

「盗賊といえば、おみちはまさに、拾い物でした」

仙寿院がそう言うと、氷室は唇《くちびる》を舐《な》めて笑い、傍《かたわ》らに並べている二百両の小判に手を置いた。

外が騒がしくなったのはその時だ。

「お待ちください。お待ちを」

家来の声に、氷室が怒気を浮かべた。

「騒がしいぞ松岡。何ごとだ」

すると外障子が開けられ、廊下に松岡が片膝をついた。何か言おうとしたが、

「そこをどけ」

怒鳴り声がして、一人の侍が来た。

姿を現したのは、寺社奉行の半田伊賀守だ。

氷室は慌てて小判を隠し、半田のそばに行って、松岡と共に平身低頭《へいしんていとう》した。

「殿、このようなところにお足を運ばれるとは、何ごとでございましょう」

半田は部屋にいる仙寿院たちを見て、氷室を睨んだ。

「氷室、貴様、ここで何をしておる」

「人助けの相談にございます」

「ほう、例の無宿人のことか」

「いかにも。雲徳寺と新光院の人助けは問題なく進み、町に無宿人が減ってございます」

「その無宿人を辛い目に遭わせて金儲けか」

半田の背後からした声に、氷室は顔を上げ、声がしたほうに目を向けた。

庭には、藤色の着流し姿の新見左近がいる。

気づいた藤庵が、氷室に膝行《しっこう》して近寄り、坐禅をしに来た怪しい浪人だと小声で告げた。

すると氷室は、半田を見上げてしゃべろうとしたが、その前に半田が口を開いた。

「貴様がこの者どもと結託して働いた悪事の数々は、すでに明白じゃ。言い逃れはいっさい許さぬ。この場で腹を切れ」

藤庵が半田を見上げた。

「おそれながら、我らは悪事など働いてはおりませぬ。庭の者が何を吹き込んだか知りませぬが、寺社奉行様ともあろうお方が、浪人風情《ふぜい》が言うことなどに踊らされてはなりませぬぞ」

半田が目を見張った。

「馬鹿者！　このお方は浪人ではない。西ノ丸様じゃ！」

着流しの侍の正体が徳川綱豊だと知った氷室は真っ青な顔をして、庭に駆け下りて左近に平身低頭した。松岡も続き、半田の家来に刀を奪われた。

氷室と松岡は観念したが、欣五郎と仙寿院は立ち上がり、我先に逃げようとして奥の部屋に行く襖を開けた。

だが、部屋には襷《たすき》がけをした半田の家来たちが待ち構えており、欣五郎と仙寿院はあっさり捕らえられた。

藤庵は下がり、左近を睨んだ。

「捕まってたまるか。栄仙《えいせん》！　栄仙！」

「おう！」

返事がして襖が開けはなたれ、槍を持った僧が出てきた。

槍を受け取った藤庵は、囲む捕り方たちに襲いかかって下がらせ、隣の部屋から庭に跳び下りた。

逃げ道を塞ぐ左近に、藤庵と栄仙が対峙《たいじ》する。

左近は二人に言う。

「お前たちは、僧ではあるまい」

すると栄仙が、睨みながら笑みを浮かべた。

「そうだぜ。おれはやくざ者だが、和尚は柳沢に潰された大名家の元家臣だ」

左近は藤庵を見た。

「その大名の名は」

「今さらどうでもよい。わしは、おもしろおかしく生きると決めたのだ。邪魔をする奴は、誰であろうと殺す」

藤庵は言うや否や、大音声《だいおんじょう》の気合をかけて槍を突いてきた。

左近は足を運んで穂先《ほさき》を胸先にかわし、大きく振るってきた藤庵の槍を抜刀した安綱で受け止め、跳びすさって間合いを空けた。

藤庵は槍の柄《え》を頭上に掲げ、穂先を左近に向けた。

正眼《せいがん》で応じる左近。

藤庵は油断なく柄を下ろした刹那《せつな》、

「えい、えい！」

と激しく突きを繰り出す。

左近は安綱で弾《はじ》き、受け流し、袈裟《けさ》懸《が》けに打ち下ろしたが受け止められ、力勝負の押し合いになる。

かえでが手を焼いただけあり、藤庵の槍術《そうじゅつ》の腕はかなりのものだ。

藤庵はふと力を抜いたかと思うと、左近の目の前から横に転じて背後を取り、槍の柄で背中を打った。

安綱を背後に回して受け止めた左近は、刀身を転じて横に一閃《いっせん》する。

「おお！」

気合をかけて受け止めた藤庵が、下がって間合いを空け、穂先を下げた。

左近は正面を向いて左足を出し、刃《やいば》を左に向けて切っ先を下げる。

ぴりぴりとした藤庵の殺気が伝わってくる。左近と藤庵の間合いは、何人《なんぴと》も立ち入ることが許されぬ死の間合いだ。

一拍ののち、両者同時に出た。

脛《すね》を狙う藤庵の槍さばきは鋭い。

「やあ！」

藤庵の気合が響き、穂先が左近の左脛を斬ったかに見えたが、その穂先が飛んだ。右足を出した左近は、下段の構えから安綱を斬り上げ、槍を切断したのだ。

目を見張った藤庵は、抗《あらが》う間もなく安綱の柄《つか》でこめかみを打たれ、声もなく倒れた。

葵一刀流の剛剣を目《ま》の当たりにした栄仙は腰を抜かし、持っていた刃物を捨てて左近に向かって突っ伏すように頭を下げた。

「命ばかりは。命ばかりはお助けを」

半田の家来が栄仙に飛びかかって縄を打ち、気絶している藤庵共々、左近の前から連れ去った。

安綱を鞘《さや》に納《おさ》める左近の前に、半田が両膝をついて頭を下げた。

「我が家臣の不祥事《ふしょうじ》、遺憾《いかん》にたえませぬ。伏してお詫《わ》び申し上げまする」

神妙な態度と声の様子から半田の覚悟を悟《さと》った左近は、片膝をつき、肩をつかんだ。

「余《よ》は気ままに外へ出ておっただけだ。上様のお耳に入れるつもりはない。だが申しておく。死ぬことは許さぬ、世の安寧《あんねい》のために、これからは下の者に目を配り、気を引き締めて役目に励め。それが、そなたの罪滅《つみほろ》ぼしだ」

「西ノ丸様……」

「よいな」

「ははあ」

左近は立ち上がり、頭を下げる半田と家来たちの前から立ち去った。

小五郎がおみちや咲月たちのことを西ノ丸に知らせに来たのは、半田が悪人どもを罰して数日後のことだった。

三島屋でおもよとの再会を喜んだおみちは、お琴の口利きで、日本橋の大店《おおだな》に三人揃って住み込み奉公が決まり、これからは自分の力で生きていきますと、お琴に誓って三島屋を出ていた。

助けた他の五人の娘たちも、小五郎と権八が客や商売相手を頼り、よい奉公先を見つけていた。

常陸屋に使われていた男たちのことも気になっていた左近は、

「半田殿に、助けるよう伝えてくれ」

そう小五郎に命じた。

小五郎が去ったあとも広縁にたたずんでいた左近は、将軍家が次々とはじめる神社仏閣の造営や、本所深川の開発で景気に湧く者たちがいるいっぽうで、無宿の者たちが増え続けていることを憂えた。

「間部」

声をかけるとすぐ、間部が背後に来た。

「江戸に人が集まっているように思えるが、どうか」

「はい。富を求めて来る者が増えているようです」

「その富を狙い、盗賊も増えているのか」

「そのように聞いてはおりますが、北と南の町奉行ならびに、御先手組《おさきてぐみ》が厳しく探索をしている模様でございますゆえ、遠からず一掃《いっそう》されるものかと存じます」

「そうか」

「そろそろ、本丸へ渡るお支度を」

間部に促されて、左近は月並みの行事におもむくため部屋に入った。

誰もいない庭の芝に鳩《はと》の群れが舞い降り、餌《えさ》を探してついばんでいる。

第三話　盗賊の剣

※

「助けてください。いや、い……」

口を塞《ふさ》がれた商家の娘は、寝間着を剝《は》ぎ取られて裸にされた。

頭《かしら》の熊次郎《くまじろう》は、金蔵の鍵を差し出した商家のあるじの胸に突き刺していた匕首《あいくち》を抜き、娘を手込めにする手下に言う。

「おい源蔵《げんぞう》、むごいことをせず楽にしてやれ」

源蔵と呼ばれた手下は、おみちと父親を騙《だま》した昭吉だ。

源蔵は、引き込み役の時は誠実な若者だが、盗みに回れば凶暴な男で、

「お頭、おれは商家の娘を騙すより、こっちのほうが性に合ってますよ。引き込み役は自分の本性を殺していますんで、これは鬱憤《うつぷん》晴《ば》らしでさぁ」

娘を犯《おか》しながら言い、しまいには首を絞《し》めた。

三十八歳とは思えぬ老《ふ》けた顔に不快の色を浮かべた熊次郎は、

「むごい殺し方をしやがる野郎だ」

舌打ちをして、金蔵へ行った。

先に行って待っていた右腕の手下の貞三《ていぞう》が、眉間《みけん》の皺《しわ》をさらに深める。

「源蔵の野郎は？」

「すぐに来る。それよりどうだ」

「千五百両ほどありやした」

「まあそんなところか。ずらかるぞ」

「へい」

手下が小判を分けた袋を葛籠《つづら》に入れ、背負って逃げにかかった。

口封じをしていた他の三人にも袋を投げ渡した貞三は、部屋から出てきた源蔵を睨《にら》んだ。

「てめぇが娘に手を出さなきゃ、店の者は目をさまさなかったんだ。無駄な騒ぎを起こしやがって」

「へ、へへへ」

へらへらと笑ってみせる源蔵の目は、常軌《じょうき》を逸《いっ》しているように見えた。

「気味の悪い顔をするな。行くぞ」

貞三は小判が入った袋を投げ渡し、裏口へ向かった。

一味が路地から出て隠れ家に急いでいると、前から、ちょうちんを持った者たちが現れ、行く手を塞いだ。

「先手組である。覚悟せい！」

逃げた店の者が、見廻りをしていた先手組に助けを求めたようだ。

番方《ばんかた》の先手組は取り締まりが荒い。盗賊を見つけた与力《よりき》と同心は真剣を抜き、戦《いくさ》で斬り込む先鋒足軽隊《せんぽうあしがるたい》そのものの勢いで迫ってきた。

「じょ、冗談じゃねぇや」

源蔵が言い、熊次郎は下がった。

手下どもも下がる中、与力一人と同心二人、小者六人が迫る。

「逃がすな！」

与力が叫んだその時、軒先《のきさき》の暗がりから一人の剣客がつと出てきて、先頭の与力を抜刀術《ばっとうじゅつ》で斬った。

一撃必殺。

胸を斬られた与力は、一太刀《ひとたち》で即死した。

上役を殺されて息を呑《の》んだ同心であったが、

「おのれ！」

怒りにまかせて斬りかかった。

だが、剣客は片手で弾《はじ》き上げ、返す刀で袈裟懸《けさが》けに斬る。そして次の同心に迫り、斬り倒した。

小者たちは、与力と同心を倒され、盗賊一味も逃げてしまったことに戦意を失い、剣客が迫ると、命惜しさに下がり、中には腰を抜かしてしまう者もいる。

鼻先で笑った剣客は刀を引き、走り去った。

一

元禄《げんろく》八年（一六九五）の秋。

ひと月ぶりに新井白石の講義を受けた左近は、帰りに岩城道場を訪ねた。

泰徳とは愛宕山の花見以来、久々に会う。戸口にいた門弟に断って道場に上がると、激しい気合がけの声が聞こえてきた。

若い門弟が泰徳に挑《いど》んでいる。

その目つき顔立ちは精悍《せいかん》で、

「どこの家の者か」

左近が正座し、隣の門弟に尋ねた。

左近の正体を知っている旗本の家来、西崎一徳《にしざきいっとく》が目を見張り、平身低頭《へいしんていとう》しようとしたので止めた。

西崎は心得て居住まいを正し、小声で言う。

「北町《きたまち》奉行所の定町廻《じょうまちまわ》り同心でございます」

うなずいた左近は、稽古《けいこ》を見守った。

気合をかけて打ちかかる若い同心の太刀筋は鋭い。

泰徳は受け止めるや否《いな》や押し返し、

「えい！」

大上段から打って出た。

受ける同心。

木刀がかち合う音が響き、泰徳は肩からぶつかった。

泰徳が見せた突き崩しは、戦場に群《むら》がる敵を切り崩して突き進む甲斐無限流の奥義。

まともに食らった同心は足が浮いて飛ばされ、背中から落ちた時には、泰徳が喉元《のどもと》で切っ先を止めていた。

紙一重《かみひとえ》で止められている木刀よりも、泰徳の凄《すさ》まじい剣気に押され、同心は身動きできないようだ。

「参りました！」

ふっと力を抜いた泰徳は、手を差し出した。

「もう一度だ」

「お願いします！」

いつになく厳しい稽古をする泰徳は、口やかましく指導している。

二度ほど倒された同心は、三度目にしてようやく、泰徳を満足させたようだ。

「今日はこれまでだ」

同心との稽古を終えた泰徳は、左近が来ていることにようやく気づくほど集中していたらしい。驚いたような顔をしてうなずきつつも、へとへとになって汗を拭《ふ》きに行く同心を呼び止めた。

「真三郎《しんざぶろう》、構えて油断するな」

「はは！」

真三郎と呼ばれた同心は真剣な顔で頭を下げ、井戸端に汗を拭きに行った。

泰徳は左近に歩み寄る。

「いつからそこにいたのだ」

「久々に、突き崩しを見せてもらった時からだ」

「すまぬ。気づかなかった」

「油断すれば打たれたであろうからな」

それほどに、同心は強い。

泰徳は否定せず、笑みを浮かべてうなずいた。

左近は、皆と汗を拭いている同心に目を向けた。

「よい面構《つらがま》えだな」

「北町奉行所の同心、初田《はつだ》真三郎だ。奥へ行こうか」

「うむ」

「一徳、あとの稽古を頼む」

「はは」

師範代を務める西崎は頭を下げ、待っていた門弟たちを促《うなが》して稽古をはじめた。

奥の部屋に入った左近は、さっそく訊《き》いた。

「同心にずいぶん厳しい教えをしていたようだが、特に目をかけているのか」

泰徳は、神妙な面持《おもも》ちで左近を見た。

「一旦静かになっていた盗賊が、ふたたび出はじめたのだ。ふた月で五軒もやられ、北と南の奉行所では、同心に犠牲者が出ている。真三郎は元々吟味方《ぎんみかた》だったのだが、剣の腕を買われて、先日から定町廻りへ転身となり、探索に加わっている。これまでは奉行所内での勤めしかしておらぬので、心配なのだ」

「そういうことか」

左近は話を聞きながら、おみちの店に盗賊が入ったことが頭に浮かんでいた。

「日本橋の津和野屋五平の件も、まだ下手人《げしゅにん》が捕まっていないと聞いたが、同じ盗賊だろうか」

「その店は初めて聞いたな」

そう言った泰徳は立ち上がり、廊下に出て声をかけた。

「真三郎、来てくれ」

泰徳が左近の前に戻って程なく、身なりを整えた真三郎が廊下で片膝《かたひざ》をついた。

「お呼びでしょうか」

「お前は新見左近殿と会うのは初めてだな」

「はい」

「おれの友だ。紹介しておく」

真三郎は名乗り、頭を下げた。

泰徳が言う。

「浪人だが、剣の腕はおれと互角以上だ。強いぞ」

すると真三郎が、目の色を変えた。

「次は是非、手合わせをお願いします」

左近はこの若者に好感を抱き、笑みでうなずいた。

「新見殿が、日本橋の津和野屋のことを訊きたいそうだ」

泰徳が言うと、真三郎の表情が曇った。

「お知り合いですか」

「うむ。津和野屋の娘が、泰徳の義妹《いもうと》が商《あきな》いをしている店の常連だった縁で気になったのだ。津和野屋を襲ったのも、今探索している盗賊一味の仕業《しわざ》か」

「おそらくそうかと。津和野屋の時は南町《みなみまち》が月番でしたが、同心が一人斬られて命を落としております」

「斬られた同心も、おぬしのように日々鍛えていたはず。盗賊には、相当な遣《つか》い手《て》がおるのか」

左近の問いに、真三郎はうなずいた。

泰徳が言う。

「真三郎は、その凶悪な一味から町の者を守るために、稽古に励《はげ》んでいたのだ。盗賊にはかなりの遣い手がいる。先日は、御先手組の与力と同心が斬殺された。聞いていないか」

左近の耳には入っていない。

首を横に振ると、泰徳はうなずき、教えてくれた。

「これは一徳から聞いたことだが、御先手組は、これまでにも盗賊を捕らえようとして失敗し、何人か命を落とした者がいる。生き残った捕り方の小者たちは、死に神だと言って恐れているらしい。真三郎は、そんな盗賊を相手にすることになったのだ」

するとと真三郎が、前のめりになって言う。

「相手が誰であろうと、お師匠に鍛えていただいた剣で、わたしが必ず捕らえます」

真三郎はずいぶん勇《いさ》ましい。

どうやら泰徳は、若い真三郎が勇んで命を落とさぬように、より厳しく指導していたようだ。

泰徳が心配そうに言う。

「真三郎、頼もしい限りだが、重ね重ね申す。決して油断するな」

「はは。では、見廻りがありますのでこれにて失礼します」

真三郎は左近にも頭を下げ、帰っていった。

左近はおみちの無念を思い、盗賊のことが気になったものの、明後日には城中で行事があり、その後は甲府藩の行事が重なる。よって今日より当分のあいだ、市中へ出ることを許されない。

何かよい手はないものかと考えていると、泰徳がじっと見てきた。

「どうやらその顔は気になっているようだが、真三郎はおれが目をかけている者。必ず盗賊を捕らえてくれるからまかせておけ」

「見透《みす》かされたな」

左近は苦笑いをして、一日も早く町の者が安心できる日が来ることを願っていると言い、城へ帰った。

二

左近の願いをよそに、熊次郎は隠れ家に潜《ひそ》んで酒を舐《な》めながら、次はどこにするか考えていた。

四十人の手下を束《たば》ねる熊次郎にとっては、盗みに入ることよりも、

「この時が一番楽しいのさ」

と、自然に笑みがこぼれていることを指摘した貞三に、臆面《おくめん》もなく言ったものだ。

熊次郎の父親と母親は、当時大坂で名が知れた盗《ぬす》っ人《と》だっただけに、物心ついた時には、その道の技を仕込まれていた。十歳の時、手下の裏切りにより両親が捕らえられて獄門《ごくもん》になってからは、備前岡山《びぜんおかやま》を拠点とする盗賊の頭に拾われ、初めは見張り、十五歳の時には、押し込んだ商家で初めて人を殺《あや》めた。それからは血を見ることを恐れなくなり、親がわりの頭に付いて盗みを重ねていたが、二十五歳の時に頭が死んだのを機に一味から抜けて、独り立ちした。

以来、芸州《げいしゅう》から西と、九州各地の町を転々として盗みを働いてきた熊次郎は、三十八歳になった今では、顔を見た者は容赦《ようしゃ》なく殺す冷酷さが盗賊のあいだに広

まり、気づけば手下を四十人も抱える大盗賊になっていた。

熊次郎は人を殺めるが、それは気づかれた時のみ。忍び込む手段は用意周到だ。四十人の手下の半数は引き込み役で、小判が唸《うな》っている江戸の商人の金蔵を狙うと定めた五年前から、二十人を先に送り込み、商家へ潜入させていた。凶暴な源蔵もその一人で、おみちの父、津和野屋五平をまんまと騙し、娘婿《むすめむこ》に望ませたところを見ると、熊次郎の手下への仕込みが冴《さ》えているのがわかる。

隠れ家は、将軍綱吉の生母桂昌院《けいしょういん》の発願《ほつがん》で開創《かいそう》された護国寺《ごこくじ》の、門前にある料理屋だ。

熊次郎にちなんで次郎庵《じろうあん》と名づけられた料理屋は、西国の各地を渡り歩いた時に旨《うま》いと思った食べ物の味を忠実に再現できることもあり、いろいろ食べさせるのだが、特にうどんが旨いと評判で、今なお続く護国寺の普請場《ふしんば》で働く大工たちから大人気。

だが熊次郎は、料理を仕込んだ手下に店をまかせきりで、めったに客前に出ない。

今日も朝から、客の声が届かぬ離れに籠《こ》もり、盗みのことを考えていたのだ。

目の前に広げている紙には、二十人の引き込み役を投じた商家の名と、金蔵に眠っているお宝の予想が書かれている。そのうち、すでに盗みを終えた十軒は墨《すみ》で塗りつぶしてある。

残る十軒の名と、引き込み役が知らせてきた内情を照らし合わせながら考えていた熊次郎は、一軒の名に目をとめたまま、漆塗《うるしぬ》りの杯《さかずき》を舐めた。

酒がないことに気づき、杯を置いて手を打ち鳴らすと、段梯子《だんばしご》から金柑頭《きんかんあたま》がのぞいて、上がってきた。

「貞三、店は繁盛《はんじょう》しているかい」

「はい。今日も行列ができています」

右腕と頼る手下が熊次郎の前に座り、ちろりを差し出してそう教えた。

酌《しゃく》を受けた熊次郎は、それはけっこう、と、店主面《づら》をして言い、杯を空にして膳《ぜん》に置いた。

様子を見ていた貞三が言う。

「決まったようですね」

「うむ。次はここだ」

貞三が、指で示された文字をのぞき込んだ。

「亀井町《かめいちょう》の両替屋、北沢屋仙右衛門《きたざわやせんえもん》ですか」

声音《こわね》がいつもより暗い。

熊次郎は顔を見た。

「どうした、気に入らねぇのか」

訊かれて、貞三は遠慮なく言う。

「引き込み役の実奈《みな》は、源蔵にしつこく言い寄られている女です」

「それがどうした」

「先日も引き込み役を集めた時、源蔵はしつこく誘っていましたから、役目を終えた実奈が先に逃げるのを見れば、見境なく尻を追っていきやしないかと。そうなると、他の手下の結束が崩れかねませんので、やるなら念のため、源蔵をはずしてください」

「実奈からの知らせでは、北沢屋の蔵には万両の小判があるんだぜ」

「なんですって」

驚く貞三に、熊次郎が笑った。

「亀井町の一帯は旅籠《はたご》が多いからか知らねぇが、江戸の両替屋は、思ったより儲《もう》かっているようだ。そのせいで用心棒も何人か雇っているらしい」

「我らには篠崎謙洋《しのざきけんよう》先生がいますから、用心棒は心配ないでしょうが、万両の金を運ぶとなると人手がいりますね」

「そういうことだ。だから、源蔵ははずせねぇ。心配するな、源蔵は頭のおれよりも、篠崎先生を恐れている。女の尻を追うなと先生に一言言ってもらえば、黙って仕事をするさ」

篠崎は、自ら編《あ》み出したという篠崎一心流《いっしんりゅう》の遣い手。その凄まじい剣技と、篠崎がしてきたことを知る熊次郎は、盗賊の剣だ、と言って頼っている。気がゆるんだ手下を締める時にも、篠崎をうまく使っているのだ。

だが、貞三は賛同しなかった。

「源蔵を甘く見ちゃいけません。奴は誠実そうな顔をしていますが、中身は、先の押し込みで見られたように、畜生にも劣《おと》る鬼です。実奈が仕事を終えたら江戸を出てどこかに潜むことを知っていますから、惚《ほ》れた女の顔を見れば、先生が言ったことも忘れてしまいますよ。せっかくの大仕事です。北沢屋をやるなら、場を乱しかねない源蔵ははずしてください。人手がいるとおっしゃるなら、諸国へ散っている引き込み役の誰かを呼びますから、このとおりでさぁ」

頭を下げられた熊次郎は、

「確かにおめえの言うとおりだな」

大きな息を吐き、今回は別の店にすることにした。

そして、北沢屋の次と決めていた神田《かんだ》の蠟燭問屋《ろうそくどんや》の名を告げ、手下に周知させた。


二日後の夜は、月も星もない暗闇だった。

熊次郎と一味は、狙いを定めた神田の蠟燭問屋、三川屋弥助《みかわややすけ》宅の裏路地に集まり、息を潜めている。

程なく、裏の木戸が開けられ、下働きの者として入り込んでいた手下の男が顔をのぞかせ、静かに出てきた。

「手はずどおりです」

笑顔でそう言って頭を下げる手下に、熊次郎は懐《ふところ》から十両を出して渡してやり、ご苦労だった、と小声でねぎらった。

押し頂いた手下は、手に入れている鍵を渡し、盗みには加わらずに逃げた。

盗みを手伝わせず江戸を去らせるのは、引き込み役の手下が数年寝起きを共にしてきた店の者を殺す羽目になった時の気持ちを考えての、熊次郎の気遣いだ。

一緒に働き、寝起きを共にすれば、少なからず情が移るのが人というもの。

凶悪な源蔵とて、自分が引き込んだ店では盗みには加わらず、さっさと逃げていた。

熊次郎は、背中を丸めて去る手下が見えなくなってから、中へ入った。

三川屋には、七十を過ぎた老夫婦と、若い手代が二人、そして、下働きの手下がいたのみだ。

源蔵は若い女がいない母屋《おもや》には目もくれず、おとなしく盗みに徹したことで、誰にも気づかれず、一滴の血を流すこともなく、蔵の金五百両を奪って逃走した。

隠れ家に帰った熊次郎は、黄金に輝く小判を前に、

「こいつは驚いた。あの爺さんと婆さん、近所で知れたけちだけあって、ずいぶん貯め込んでいたな」

にやけて言うと、源蔵が酒を片手に寄ってきた。

「お頭、今日は、一人も殺《や》りませんでしたぜ。褒《ほ》めておくんなさいよ」

「よく我慢した。お前には特別に、これをやろう」

一両を差し出すと、源蔵は喜んだ。

「ありがとうございます」

頭を下げると、もらった小判を眺《なが》めて言う。

「それにしても、頭が選ばれた店は、みんな古い小判ばかりを持っていますね。出たばかりの新しい小判は一枚もねぇです」

「それはたまたまだ。新しい小判が作られてまだ間がないからな、両替が間に合っていないのさ」

「ははぁ、そういうことで」

貞三が源蔵に言う。

「お前は新し物好きだが、小判に限っては、古いほうがいいぞ」

「小頭《こがしら》、どうしてです?」

「おれもまだ拝《おが》んだことがねぇからよくは知らねぇが、店の客がそう言って話しているのを時々耳にする。なんでも新しい小判は、古いのとくらべて質が落ちるらしい」

源蔵は唇《くちびる》を舐めた。

「なぁんだ。その話でしたら、津和野屋五平から聞いていますよ。新しいのは混ぜ物が多くて質が少々劣ると言って、交換をいやがっていました。他の商人も交換を渋るから、お頭が思ったより蔵に小判が眠っているのではないですかい」

熊次郎は笑った。

「さすがは、引き込み役として商家での奉公が長いだけのことはある。おれより銭の仕組みがわかっているな」

「五平から、仕込まれたんで」

言った源蔵は、急に黙り込んでしまった。

心中を察した熊次郎が酒をすすめる。

「飲めよ。今夜は潰れるまでやれ。辛《つら》いなら、引き込み役らしく江戸から離れろ」

「冗談じゃねぇですよ。楽しみを取らねぇでください」

「楽しみか。まあいい。次も頼むぜ」

そう言って酒を注いでやると、頭を下げた源蔵は他の手下のところへ戻り、騒いで飲みはじめた。

熊次郎は、盗んできた小判を肴《さかな》に、貞三と酒を飲んだ。そして言う。

「手下に分け前を与えた残りは、いつものところへ隠しておけ」

「承知しました」

「源蔵が言うことがほんとうなら、おれたちにとっちゃありがたいことよ。江戸の商人は、思ったより小判を貯め込んでいる。このぶんだと残りの店を片づけた頃には、隠し場所が一杯になるぞ」

「それを持って、次はどこに落ち着きますか」

「そうさな、長崎《ながさき》あたりに行ってみるか」

「ようございます。そろそろ、ほとぼりが冷めていましょうから」

二人は、早くも長崎での盗み話をはじめ、夜明けまで酒を飲んだ。

そして朝になると、貞三以下、手下どもは少しばかりの仮眠だけでいつものように仕込みに入り、昼前には、行列を作る客のために店を開け、おいしいうどんを食べさせた。

うどんが飛ぶように売れていた頃、三川屋では、北町奉行所の調べが終わった。

年老《お》いた店主と女房は、調べる同心の声が耳に入らぬほど落胆し、居間でへたり込んでいた。

蔵を開けるまで、奉公人も店主もまったく気づいていないのだから、信じられないのも無理はない。おとなしくて、よく働いてくれていた下男が引き込み役だと言われても、店主夫婦は信じようとせず、下男は盗賊に連れていかれてしまい、今頃は殺されているのではないかと心配した。

同心が、引き込み役に違いないと言っても、店主も女房も耳に入っていないようで、この先どうすればいいのかと言って涙を流した。

店主夫婦に訊くのをあきらめた同心は、奉公人たちに引き込み役の詳しい特徴を訊いてみたが、驚いたことに、誰も、さして覚えていない。

「ええい、埒《らち》が明かん」

苛立《いらだ》った同心が、店主夫婦を叱咤《しった》して訊くと、夫婦は言おうとして、

「どうだったかな」

と、考え込む始末。

同心は呆《あき》れてしまったが、これが、熊次郎に仕込まれていた引き込み役の男の妙技。

おとなしく真面目で、面と向かってしゃべらず、仕事は言われる前にこなしておく。顔を見られればはにかんで下を向き、決して逆らわない。

これを突き通すことで印象が薄くなり、盗みに気づいて興奮している状態で訊かれても、

「穏やかで、いい人でした」

「真面目で、よく働く者です」

としか言えないのだ。

だが、ここはお上のお膝下《ひざもと》だ。

「野郎、必ず捕まえてやる」

北町奉行所の面々はそう言い、探索に戻っていった。

三

師範代の西崎一徳と真剣を構えて向き合っていた泰徳は、道場の入口に歩いてくる者に気づいて間合いを空けた。

「今日はこれまでだ」

「はは」

互いに刀を鞘《さや》に納《おさ》めて礼をし、西崎は泰徳の刀を受け取り、道場から出ていった。

入れ替わりに顔を見せたのは、真三郎だ。

小袖《こそで》に墨染羽織《すみぞめばおり》を着け、帯に朱房《しゅぶさ》の十手《じって》を差している真三郎を招いた泰徳は、向き合って座り、目を細めた。

「同心姿を初めて見せてくれたな。なかなか似合うではないか」

「はあ」

照れたように下を向く真三郎の頬《ほお》に、これまでにない喜びが浮かんでいる。

そう見て取った泰徳は、真三郎が口を開くのを待った。

「今日は、お願いがあって参じました」

「うむ。よいことのようだな」

前のめりに訊くと、真三郎は驚いた顔をした。

「どうしておわかりで」

「顔にそう書いてある」

「はは」

真三郎ははにかんで頬を赤くした。

「縁談が、決まりました」

「おお、それはめでたい。いつだ」

「年が明けた春には祝言《しゅうげん》を挙げることになりましたが、それまでに盗賊の一味を捕らえるよう、父からきつく命じられました」

隠居の父、春郎《はるろう》を知る泰徳は、厳しく言いつける姿を想像した。

「焦《あせ》るなよ」

「はい」

「して、縁談の相手は」

「同じ北町同心の妹で、和世《かずよ》といいます」

「聞いたことがある名だ」

泰徳は少し考えただけで思い出した。

「幼馴染《おさななじ》みの……」

「覚えてらっしゃいましたか」

「うむ。お滝がな、お前がしゃべる様子を見て、想い人ではないかと言ったことがある」

「え、奥方様が」

「どうだ、図星か」

真三郎はまたはにかんだ。

「奥方様には参りました。幼い頃から、ずっと想っておりました」

「そうか。お滝が喜ぶぞ。待っていろ、今呼んでくる」

「それはあとにしてください。すみません」

立とうとして止められた泰徳は、座りなおした。

「用向きは、祝言のことではないのか」

泰徳が言うと、真三郎は両手をついた。

「和世殿の兄、千坂智之介《ちさかとものすけ》殿はわたしの五つ年上で、共に探索をしている先達《せんだつ》の同心なのですが、その智之介殿が、是非先生の稽古を受けたいと願っておりまして、お願いに上がりました。いかがでしょうか」

泰徳は笑った。

「なんだ、そんなことか。他ならぬお前の頼みだ。いつでも連れてきなさい」

「では、さっそく」

真三郎が立ち上がるので、泰徳は驚いた。

「おい、今か」

真三郎は笑みを浮かべた。

「実は、お許しくださると信じて兄妹を近くの店で待たせております」

「何、許嫁《いいなずけ》もか」

「はい」

「それを先に言え。待たせては失礼だ。すぐに行ってきなさい」

真三郎は満面に笑みを浮かべて頭を下げ、兄妹を呼びに走った。

客間で兄妹と対面した泰徳は、しとやかで育ちのよさを感じさせる和世を見て、

「真三郎は幸せ者だな」

と、こころから喜び、二人に祝いの言葉を告げた。

千坂智之介は、正義感の強さが顔つきに表れており、少し話しただけで、江戸町民の安寧《あんねい》を願う熱い気持ちが伝わってきた。

話しているうちに、智之介は泰徳に両手をつき、

「この二人のためにも、一日も早く盗賊を捕らえます。それには、盗賊の用心棒に勝たなければなりませぬ。何とぞ、ご指南をお願い申し上げます」

そう言うと、額《ひたい》を畳につけるほど頭を下げた。

泰徳は顔を上げさせ、笑みでうなずく。

「いつでもお相手をしよう」

「では、今からお願いします」

意気込む智之介に泰徳は応じ、道場へ案内した。

見学をしたいと言う和世を許し、泰徳は智之介と稽古をはじめた。

今はなくなってしまった八丁堀《はっちょうぼり》の一刀流《いっとうりゅう》道場で、免許皆伝《めんきょかいでん》を得ているという智之介の剣は、真三郎と互角か、それ以上だろう。

泰徳と木刀を交《まじ》えた智之介は、真三郎から話を聞いているせいか、己の技が通用しないことに焦る様子はない。少しでも腕を上げようと、打たれても打たれても立ち上がり、泰徳に挑んでいく。

泰徳の教えは厳しく激しい。

容赦なく脇腹を打たれた智之介は、うずくまって呻《うめ》いた。

「今日はこれまでといたそう」

泰徳が告げると、智之介はまだまだと言ったが、立とうとして顔をしかめた。

「無理はするな」

「いえ、今の技、もう一度見とうございます」

「では、座って見ていなさい」

泰徳は、智之介が座るのを待ち、甲斐無源流の模範となる形《かた》を見せた。

風を切る音をあげて木刀を打ち下ろし、気合をかけて突く。振り向いて斬り上げ、背後の敵を想定して片手斬りを繰り出す。

鋭さと力強さが両立した太刀筋を、智之介はひとつも見逃すまいとして、目を見開いて見入っている。

そして、隣に座る真三郎に言う。

「あの技を必ず自分の物にしてみせるぞ」

真三郎が、やりましょう、と力強くうなずく。

泰徳が一通り見せ終えると、智之介は待ちきれぬ様子で木刀を取り、もう一手《ひとて》ご指南願います、と言った。

真三郎も羽織と十手をはずして続き、稽古を望んだ。

凶悪な盗賊を捕らえようと懸命な二人に応じた泰徳は、それから半刻《はんとき》（約一時間）ほど鍛えた。

四

「真三郎、おれは、自信がついたぞ」

岩城道場に通いはじめてふた月が過ぎたある日、智之介は嬉しそうに言った。

今日の昼間の稽古で、泰徳に腕を上げたと褒められたことを知っている真三郎は、笑みでうなずいた。

「千坂さんは、もうわたしに負けることはなくなりましたからね」

「二人の時は、千坂さんと呼ぶのはよせよ。春には義兄弟になるのだ、義兄《あに》と呼んでくれ」

「では、義兄上《あにうえ》」

「はは、なんだか照れるな」

智之介が笑い、真三郎も笑った。

二人は今、盗賊を警戒して見廻りをしている。

日が暮れてから神田の町を歩き回り、これから湯島《ゆしま》に向かうところだ。

寒空の下を歩いていたので、身体は冷え切っている。

智之介は手をこすり合わせて、

「もうすっかり冬らしくなってきたな」

と言いつつ、抜かりなくあたりに目を配っている。

湯島の商家が並ぶ通りに行くと、まだ人が行《ゆ》き交《か》っていた。

小腹が空いたところで、まだ商いをしている一膳飯屋《いちぜんめしや》に入り、煮物と味噌汁《みそしる》とご飯で腹ごしらえをした。

落ち着いたところで、智之介が和世の様子を告げてきた。

「近頃会っていないそうだな。寂しがっていたぞ」

「父が、祝言を挙げるまでは節度を保てと言いますもので」

不服を交えて言うと、智之介は笑った。

「親父殿は、堅物《かたぶつ》だからな。隠居をされる前はよく叱《しか》られたが、おかげで鍛えられた」

「父はよく、義兄上のことを褒めておりました」

「それは初耳だな」

疑う目を向けられて、真三郎は笑った。

「ほんとうですよ。いずれは筆頭同心になる器《うつわ》だと、今でも言うております。しっかり鍛えてもらえとも」

「くすぐったいな。想像もできん」

謙遜《けんそん》しながらも嬉しそうな智之介は、行こうか、と言って立ち上がり、二人分の勘定《かんじょう》を払ってくれた。

北町奉行所で手分けして広い範囲の見廻りをしている今、小者を供にするのは一人で見廻りをする同心に限られ、智之介と真三郎は二人で回っている。

盗賊どもと出くわせば、無理をせず跡をつけ、隠れ家を見つけるようお達しが出ている。

北町が非番月の先月、南町の同心がまた一人斬られたこともあり、これ以上の犠牲者を出したくないという奉行の意向によるものだ。

とはいえ、夜の町で鉢合《はちあ》わせにならぬとも限らない。

店を出た智之介は、

「夜も更《ふ》けたから、ここからは油断するなよ」

表情を引き締めて言った。

真三郎はうなずき、肩を並べて歩いた。

湯島天神《ゆしまてんじん》をぐるりと回り、商家が商いを終えて人気《ひとけ》が絶《た》えた門前町を、神田《かんだ》明神《みようじん》のほうへ向かって歩いた。

本郷《ほんごう》まで足を延ばして何もなければ、もう一度湯島と神田を見廻り、それからは自身番で朝まで待機だ。

本郷はまず竹町《たけちよう》を回ったが、怪《あや》しい人影はなかった。

「次は元町《もとまち》ですね」

「うむ」

通りを西に向かって歩いていた時、女の悲鳴が聞こえた。

二人は顔を見合わせ、悲鳴がした方角へ走った。

角を左に曲がると、通りに浴衣姿《ゆかたすがた》の女が倒れている。

智之介が仰向《あおむ》けにして見ると、女は眉間に皺を寄せて呻いた。

「おい、しっかりしろ」

女は苦しそうな顔をして、神田川のほうを指差す。

「ど、泥棒が……」

「どこか傷を負わされたか。斬られていないか」

女は答えず、顔をゆがめて腹を押さえている。手をどけて見ると、浴衣がどす黒く染まっていたが、血はあふれ出てはおらず、傷は浅いようだ。

「じっとしていろ」

そう言って、女が指差したほうを見ていると、男の気合がけの声が聞こえた。

「真三郎、斬り合いだ。ついてこい」

智之介はそう言って、女を置いて先に走った。

武家屋敷のあいだを抜けていくと、神田川の川岸にある武家屋敷の門が開いていた。

この地域の受け持ちである智之介は、武家屋敷が誰の物か知っているだけに、俄然《がぜん》心強くなった。

門を開けていたのは、四千石の書院番頭《しょいんばんがしら》、峰岸小太夫《みねぎしこだゆう》だ。

書院番は将軍家の親衛隊だけに、家来も剣の腕が確かな者が揃《そろ》っている。

「しめたぞ真三郎、峰岸様が騒ぎを聞いて出てこられた」

真三郎はうなずく。

「我らも助太刀《すけだち》を」

「おう」

十手を抜く智之介に続き、真三郎も十手を抜いて走った。

断末魔《だんまつま》の悲鳴が聞こえたのはその時だ。

急いで行き、漆喰壁《しっくいかべ》の角を右に曲がると、覆面を被《かぶ》った曲者《くせもの》が数人の侍の前に立ちはだかり、その先の辻灯籠《つじどうろう》の明かりに、逃げていく盗賊たちが見えた。

刀を抜いている曲者の足下には、ぴくりとも動かぬ侍が倒れていた。

「おのれ！」

峰岸の家来が叫んで斬りかかったが、曲者は恐るべき太刀筋で一刀両断し、疾風《はやて》のごとく出ると、斬りかかろうとした次の侍の腹を斬り抜け、振り向いて幹《から》竹割《たけわ》りに斬り、息の根を止めた。

立っている侍は残り一人。峰岸小太夫の顔に覚えがある真三郎は、助太刀しようとしたが、峰岸はあえなく斬られてしまった。

それでも行こうとした真三郎だったが、智之介に腕を引かれ、壁の角に戻された。

「峰岸様が斬られたのだ。我らに敵《かな》う相手ではない」

「しかし……」

「落ち着け真三郎。お奉行のお言葉を忘れたか。奴は盗賊の用心棒だ。跡をつけて隠れ家を突き止める」

智之介はそう言って、壁の角の下側からうかがった。

刀の血振《ちぶ》るいをして鞘に納めた用心棒の名を智之介たちは知らないが、この者は篠崎謙洋だ。

篠崎は、斬り殺した者たちを見ながら、神田川のほとりを川上に歩きはじめ、やがて前を向いて足早に去った。

「行くぞ」

智之介が言い、真三郎と共に跡をつける。

篠崎は悠然《ゆうぜん》と川端を歩き、辻番屋《つじばんや》の前で気絶させている番人を一瞥《いちべつ》すると、一段と暗くなる水戸藩《みとはん》の上屋敷沿いの道を西へ向かって歩いた。

人気のない武家屋敷のあいだを抜け、突き当たった江戸川《えどがわ》を右へ曲がった。気づかれないよう跡をつけている智之介と真三郎は、今夜こそは隠れ家を見つけられると思い、逸《はや》る気持ちを抑《おさ》えて歩んだ。

江戸川沿いを歩いていた篠崎が、辻を右に曲がった。

小走りで行き、武家屋敷の土塀《どべい》に背中をつけて角から顔を出した智之介は、姿がないことに焦り、歩み出た。

「しまった。見失った」

急いで行く智之介に続いた真三郎はあたりを見たが、武家屋敷の塀の他に身を隠せる場所はない。

「どこかの屋敷に入ったのでは」

前を行く智之介に声をかけた。

それでも智之介は通りを抜けた先の三辻《みつじ》まで行き、左右を確認する。そして、舌打ちをした。

「だめだ。どこにもいない」

真三郎が言う。

「戻りましょう。川沿いの辻番の者が、逃げた盗賊どもを見ているかもしれません」

「見ていれば騒いでいるはずだ。この通りのどこかに入ったに違いない」

智之介はそう言い、来た道を戻りながら、武家屋敷の門を一軒ずつ見はじめた。

道に面して門を構えるのは左右合わせて十軒。

いずれも旗本の屋敷だが、怪しい様子はない。

江戸川まで戻ったところで、智之介は悔しがった。

「逃げ足の速い奴だ」

「あきらめず、もう少し先を探りますか」

そう言った真三郎に、智之介は頭《かぶり》を振った。

「いや、置いてきた女のところに戻ろう。顔を見ているかもしれぬ」

「はい」

二人は、江戸川沿いの道を戻りはじめた。

辻の左角にある武家屋敷の前を歩いていた時、漆喰の塀の角から、つと黒い人影が出てきた。

追っていた盗賊の用心棒だといち早く気づいた真三郎が、

「奴だ」

と、声をあげた時には、篠崎は二人に迫っていた。

智之介が刀を抜こうとしたが遅かった。すでに抜刀していた篠崎が斬りかかったのだ。

「うわっ」

右腕を斬られた智之介は下がり、斬り上げられた二の太刀をかろうじてかわした。

真三郎が抜刀術をもって篠崎を下がらせ、智之介をかばい対峙《たいじ》する。

「義兄上、お逃げください！」

だが智之介の背後に、逃げたはずの盗賊の一味が現れ、襲いかかった。

智之介は盗賊が斬りかかった刀を避け、別の盗賊が刃物を持って突っ込んできたのをかわしたのだが、土手から足を踏みはずし、暗い川に頭から落ちた。

「義兄上、義兄上」

声に目を開けた智之介は、はっとして起きようとして、右腕の激痛に呻いた。

「ああ、よかった。目をさまされましたか」

聞き覚えのない声に顔を向けると、番人の男が頭を下げた。

ここが辻番だと教えてもらい、痛みに耐えて身を起こした智之介は、義兄上と呼んでくれたはずの真三郎を捜して振り向いた。六畳の狭い部屋に姿はない。

「真三郎、真三郎！」

外にいるのか、返事がない。

番人に顔を向けた。

「先ほどここにいた同心はどこに行った」

すると番人は、戸惑った顔をした。

「どうした。なぜ答えぬ」

「旦那、夢を見られていたようで……」

目に涙を浮かべるのを見て、智之介ははっとなった。

「どこだ。どこにいる」

番人は板戸の外を手で示した。

「わたしらが駆けつけた時にはまだ生きておられましたが、川に落ちた旦那を捜してくれとおっしゃって、息を引き取られました」

飛び起きて板戸を開けた智之介は、冷たい三和土《たたき》に転げ落ちて筵《むしろ》を取ると、目をつぶった真三郎が寝かされていた。

「嘘《うそ》だ。嘘だ！　真三郎起きろ。悪い冗談はよせよ。おい！　起きてくれ……」

まだ温かい身体をいくら揺すっても、真三郎は目を開けなかった。

左の頬に血を拭いた跡があり、首に致命傷を負っていた。

智之介は、真三郎の頬を触り、すまない、と言って号泣した。

五

泰徳が真三郎の死を知らされたのは、命を落とした翌日の夕方だった。

真三郎が岩城道場の門弟だと知っている北町奉行所の小者が駆けつけ、教えてくれたのだ。

通夜は今日だと聞いて、泰徳は小者に礼を言って待たせ、急いで稽古着を着替えた。

訃報《ふほう》を知ったお滝は、真三郎を思い泣きながら、泰徳の支度を手伝ってくれた。小者と道場を出た泰徳は、八丁堀にある初田家の組屋敷に走った。

だが一足遅く、僧侶の読経《どきよう》は終わっていた。

駆けつけていた者たちはまだ残っていて、故人を偲《しの》んでいる。深い悲しみの中にいる父親の春郎が、庭にいる泰徳にいち早く気づき、縁側に出てきて正座した。

「先生、足をお運びいただきおそれいります。倅《せがれ》が、世話になりました」

気丈に振る舞う春郎に、泰徳はかける言葉が浮かばず、深々と頭を下げた。

命を落とした経緯《いきさつ》は、来る道で小者から聞いている。一人息子を失い、孤独になってしまった父親の寂しさは計り知れない。泰徳は気の毒に思い、真三郎を斬った相手を恨《うら》んだ。

「ささ、お上がりください」

春郎に誘われるまま草履《ぞうり》を脱いだ泰徳は、弔問客《ちょうもんきゃく》のあいだを抜けて、布団に寝かされている真三郎の横に正座した。

手を合わせて瞑目《めいもく》すると、少しでも強くなりたいと言い、懸命に向かってきた真三郎のひたむきな表情と、縁談が決まったと喜び笑っていた顔が浮かび、熱いものが込み上げてきた。

斬った者は、今こうしているあいだもどこかで生きており、次の悪事を働いているかもしれぬ。

泰徳は真三郎の無念を思い、顔を覆《おお》っている白い布を取り、頬に触れた。

「痛かったであろう。悔しかったであろう。この世に未練があろうが、迷うてはならぬぞ真三郎。成仏《じょうぶつ》してくれ」

霞《かす》む目を閉じた泰徳は、ふたたび手を合わせて、弟子の成仏を念じた。

いるであろうと思っていた智之介と和世の姿がないことが気になった泰徳は、手越《てごし》という若い同心に案内を頼み、千坂家に足を運んだ。

表の門戸《もんこ》は開けられていたが、母屋の戸は閉じられていた。

手越が声をかけても応答がなく、戸を開けようとしても中から閉じられている。

小者もいない様子に、泰徳は悪い予感がして裏に回った。すると、蠟燭が灯《とも》された部屋の縁側に智之介がいた。背中を丸めて脱力し、放心した様子で座っている。

「千坂さん、どうしたのです」

手越が声をかけると、目を向けた智之介が泰徳を見て、顔をゆがめた。

「妹が……」

泰徳は手越に、智之介をそばで見ているよう言い、廊下から上がった。蠟燭の明かりがある部屋に入り、襖《ふすま》が少し開いたままになっている隣の部屋に行くと、和世が倒れていた。傍《かたわ》らに抜き身の懐刀《ふところがたな》が落ちていて、着物の裾《すそ》が乱れぬよう、足を紐《ひも》で結んでいる。

真三郎を追って、自害したのだ。

泰徳は沈痛《ちんつう》な思いで、智之介のところに戻った。

見てきた手越に、だめだという目顔で首を横に振ると、手越は悔しそうな声をあげた。そして智之介にごめんと断り、帯から脇差を抜き取った。

「念のため、刃物を預かります。いいですね」

智之介は、あとを追ったりはせぬ、とつぶやいたが、表情はない。

泰徳は、そんな智之介の前に座った。

「盗賊の手がかりを教えてくれ」

智之介が虚《うつ》ろな目を向けてきた。

「仇《かたき》はわたしが取ります。必ず捕まえて、獄門台に送ってやります」

「その傷では無理だ。今は、和世殿を弔《とむら》うことだけを考えよ」

「お二人が襲われた場所なら、わたしがご案内します」

そう言う手越に、智之介が顔を向けた。

「先生を巻き込もうとするな」

「すみません」

あやまる手越は、不安そうな顔をしている。

泰徳は智之介に、和世の亡骸《なきがら》を清めてくれる者がいないか訊いた。

兄妹二人で暮らしていた智之介が頼れるのは、同じ八丁堀に暮らす叔母《おば》だと言うので、泰徳は手越が呼びに走って戻るのを待った。

知らせを受けて駆けつけた叔母は、変わり果てた和世の姿を見て泣き崩れた。

訃報を聞いて集まってきた親戚の者にあとを託した泰徳は、手越に案内を頼み、二人が襲われた場所へ向かった。

待ち伏せされた場所は、江戸川に架かる中橋《なかはし》と石切橋《いしきりばし》のあいだだった。近くに辻番がない場所で、夜は暗い。

手越は泰徳に、二人を襲ったのは死に神と恐れられている剣客で、その剣客に書院番頭と家来が斬られたことも教えた。盗みに入られた商家で働いていた女が生き残っているが、無我夢中で助けを求めて逃げ、盗賊どもの顔を見ておらず、なんの手がかりも得ていないという。

川端の通りを見ながら話を聞いていた泰徳は、手越に訊く。

「盗賊は、どこに押し入ったのだ」

「本郷元町の紙問屋です。むごいことに、生き残ったのは先ほど話した女だけで、あるじ夫婦とその子供たち、奉公人二人を合わせて六人が殺害されました」

「押し入って逃げているところを書院番頭に阻《はば》まれ、斬り合いになったということか」

「おそらくそうでしょう」

小者から、真三郎と智之介は書院番頭と家来を斬って逃げる剣客の跡をつけていて襲われたと聞いている泰徳は、この近くに盗賊の隠れ家があると睨んだ。

探索をしようかと考えたが、手越と一緒では相手に気づかれる。泰徳は逸る気持ちを抑えて、手越に礼を言って道場に戻り、翌日の夜から、一人で探索をはじめた。

だが、探索をはじめて三日が過ぎても、なんの手がかりも得られなかった。

相手は死に神と恐れられるほどの男だ。真三郎と智之介が跡をつけていることに気づいていて、あえてこの地へ誘ったのだとすれば、探索を続けても隠れ家は見つけられないかもしれない。

そう思い不安になったが、もう少し先に足を延ばす気になり、稽古がない翌日は、朝から出かけた。

来るたびに、真三郎が命を落とした辻で手を合わせ、成仏を願った。

このあたりは歩き尽くし、それらしい家がないことはわかっている。泰徳は、まだ行っていない川上の町を歩き、浪人を見れば、立ち止まって目で追った。

相手は、才能を見込んで鍛えていた真三郎を倒すほどの男。剣の道を究《きわ》めている泰徳は、足の運び方、身のこなし方、目つき、面構えなどから、ある程度のことはわかる。それなりの遣い手と目星をつけた者にはあえて近づいてすれ違い、相手に怪しい動きはないか探った。

今目をつけた剣客風は、泰徳と目が合うとそらさず見てきたが、すれ違う時には、向こうから軽く頭を下げてきた。泰徳も応じて頭を下げ、振り向く。そして、あえて鯉口《こいぐち》を切った。だがその剣客風は振り向くことなく、離れていった。

人を殺し続けている者ならば、泰徳がぶつけた剣気に気づかないはずはない。悪人面をしていたので試してみたが、どうやら違ったようだ。

「岩城様、物騒なことはおやめください」

不意に声をかけられて顔を向けると、小者を一人連れた手越がいた。

刀の柄《つか》を押して鞘に納める泰徳。

手越はあたりを見回し、歩み寄ってくる。

「今の浪人を怪しいと思われたのはわかりますが、町中で斬り合いをするつもりですか」

「いや、様子を探っただけだ。気づけば知らぬ顔をして、跡をつけるつもりだった」

「無茶なことはおやめください。探索なら、わたしたち町方がやりますから」

「すまぬ」

「自身番と辻番の者から聞いています。もう何日も夜道を歩かれているそうですね」

「真三郎の無念を思うと、じっとしてはおれぬのだ」

「気持ちはわかりますが、先生がお一人で回られて何かあったら、真三郎が悲しみますから、おやめください」

返事をしないでいると、手越が困ったような笑みを浮かべた。

「ところで先生、そろそろ昼ですが、腹は減ってらっしゃいませんか」

急になんだと泰徳が思っていると、手越が言う。

「ここでこうしてお会いできたのですから、うどんが旨い次郎庵という店をお教えします。護国寺の門前ですから、行きましょう」

　これから行こうとしていた町に誘われて、泰徳はちょうどよいと思い受けた。護国寺の造営がはじまってからできた町はまだ新しい。初めて来た泰徳は、人が多いことに驚いた。

「ずいぶんにぎわっているな」

「ええ。公方《くぼう》様のご生母様が熱心なおかげで、参詣《さんけい》する者が多いのですよ」

　手越がそう教えてくれ、活気に満ちている理由がわかった。

　泰徳は、熊次郎とその一味がこのような場所を隠れ家にしていようとは思いもせず、手越の案内に従って門前の通りを進んだ。

　次郎庵の前には毎日のように行列ができていると手越は言っていたが、到着してみれば人気はなく、あいにくの休みだった。

　喉が渇いていた泰徳は、悔しがる手越を向かいの一膳飯屋に誘い、店の者がすすめる自然薯《じねんじょ》のとろろ飯を注文し、茶を飲んだ。

　気落ちしている手越に、泰徳は訊いた。

「次郎庵にはよく来るのか」

「いえ、一度だけです。見廻りで牛込《うしごめ》へ来た時、いつも立ち寄る店の者から教えられて足を延ばしました」

ほんとうに旨いのだと言う手越に、泰徳はうなずく。そして、門前のことを教えてくれと頼んだ。

だが手越は、手を振って言う。

「ここは寺領ですから、探索はしていません。うどんを食べに来た時に商家や裏《うら》店《だな》の様子を見ただけですが、外から見た限りでは、どこも怪しいところはありませんでした」

「お待ちどおさま」

程なく出された自然薯のとろろ飯は、出汁《だし》の味もよく、泰徳は旨いと思った。

「旨い」

手越もそう言い、共に食べている小者に、

「次郎庵が休みでよかったな」

と言うほど、気に入ったようだ。

泰徳はふと思うことがあり、箸《はし》を止めて手越に言う。

「寺領で町方の手が及ばぬのはわかったが、寺社方には、探索を頼んでいるのか」

手越はうなずき、飯を飲み込んだ。

「そのように聞いておりますが」

「そうか」

町方の同心が何人も命を落としたことを、寺社方は重く受け止めているのだろうか。

気になり、帰る時に店主を呼び、盗賊について何かしら調べがあったか訊くと、店主は逆に、この門前を盗賊が狙っているのかと訊いてきた。

寺社方の探索がされていないとわかった泰徳は、心配する手越と店を出た。

次郎庵の腰高障子《こしだかしょうじ》が開いたのはその時だ。

「なんだ、いるじゃないか」

手越が言うと、店の者らしき男が一人出てきた。戸口から中に向かって何か言い、通りを歩こうとしてこちらを見てきた。

泰徳の目には、着物を着流した男が手越を見て驚いたように映《うつ》ったが、それは一瞬のことだ。

手越が、

「今日は休みかい」

そう声をかけると、男は恐縮した態度で頭を下げた。

「店主が、納得できるうどんができないと言って休みにしたんです」

「どうりで旨いわけだ」

手越が言うと、男は、あいすみませんと言って、通りを小走りで出かけていった。

泰徳はさして気にせず、手越と別れて一人で門前町を歩いてみたが、何も得られず、その日の夕方には道場へ戻った。


この日の夜、店を休んでいた熊次郎とその一味は、赤坂に新しく借りた仕舞屋《しもたや》に集まっていた。

源蔵を含む二十一人は、一階と二階に分かれて支度に余念《よねん》がない。

貞三が、一階の居間にいる熊次郎のところへ来て、支度が調《ととの》ったことを告げ、

「篠崎の旦那は、まだですか」

不服そうに訊いた。

熊次郎は薄笑いを浮かべて言う。

「旦那は、研《と》ぎに出している刀を取りに行きなすった。今頃は、どこかに潜んでわしらの仕事を待っていなさるはずだ」

「そうでしたか。それならそうと、あっしには教えてください。心配しました」

「ふふ、すまねぇすまねぇ」

程なく手下たちが集まってきた。熊次郎は立ち上がり、皆に言う。

「いいかてめぇら、今夜の獲物は、あるじ一家と奉公人合わせて十人。加えて、用心棒が二人いる。見つからなければお宝をもらって帰るが、万が一気づかれたら、一人も生かしちゃならねえ。いいな」

「へい」

皆揃って返事をする中、源蔵は懐の刃物を確かめるために手を入れ、唇を舐めた。

分かれて家を出た一味は、夜中に早立《はやだ》ちする旅人の体《てい》で町を歩き、狙いを定めている商家の近くに行くと、路地の暗がりで頬被《ほおかぶ》りをし、着物の両肩を脱いで黒装束《くろしょうぞく》に早変わりした。

皆、裏木戸の前に集まり、引き込み役が戸を開けるのを待った。

出てきた時が、家の者が寝静まっている証《あかし》。

息を殺して潜んでいると、内側から物音がして、戸が開いた。

引き込み役の男が顔を出し、無言でうなずく。

熊次郎はいつものように路銀《ろぎん》を渡してねぎらい、江戸から逃がすと、盗みに入った。

店主は蔵の鍵を肌身離さず持っているが、寝間に忍び込んで脅《おど》せば、用心棒に気づかれる。

そうなると、源蔵の出番になる。

引き込み役として一流の腕を持つ源蔵は、錠前《じょうまえ》を破る腕も優《すぐ》れている。

癖の悪い源蔵を熊次郎が引き込み以外で手伝わせるのは、人手が足りないのもあるが、このことが大きかった。

中に入り戸を閉めた一味は、母屋と軒続きに建つ内蔵の扉を破るために、引き込み役が開けている家の勝手口から侵入した。

引き込み役が調べた家の間取りを頭に入れている一味は、奉公人や用心棒がいる部屋を避け、表側の廊下を奥に向かって歩く。突き当たりを右に曲がった先の部屋に入れば、内蔵の扉がある。

音もなく、気配を殺して廊下を進んだ熊次郎は、見張りを残し、目当ての部屋に入った。

手下が火縄を吹いて蠟燭に火を灯し、源蔵が錠前を手に取って見る。

容易《たやす》い、という笑みを浮かべると細い道具を鍵穴に二本刺し入れ、唇を舐めながら探ると、造作《ぞうさ》もなくはずれた。してやったり、という面持ちで音を出さないようにはずし、戸を開けると、中には千両箱があった。

熊次郎が源蔵の肩をたたいてねぎらった時、背後の板戸が開いた。

見張っていた手下が捕まえて口を塞いだのは、色白の娘だ。

源蔵は嬉々《きき》とした目をしたが、

「誰だ！」

という大声が裏手の廊下であがり、手燭《てしょく》を持った奉公人と、用心棒らしき二人が現れた。

その背後に音もなく篠崎謙洋が現れ、用心棒が気づいて振り向く。

篠崎は抜く手も見せぬ抜刀術で、用心棒の喉を斬った。

呻いて倒れた用心棒を見た仲間の用心棒が、慌《あわ》てて刀を抜こうとしたが、篠崎は刀で胸を突き、逃げようとした奉公人の背中を斬った。

人殺しを目《ま》の当たりにした娘は、口を塞いで捕まえている手下の腕の中で気絶し、板の間に寝かされた。

乱れた裾からのぞく白い足にごくりと喉を鳴らした源蔵が、熊次郎に言う。

「お頭、皆殺しですね」

熊次郎は舌打ちをした。

「こうなっちまったらしょうがねぇ。野郎ども、一人も外に出すんじゃねぇぞ」

皆が刃物を抜く中、源蔵は、倒れている娘に飛びついた。

六

今夜も出かけるつもりでいる泰徳は、朝の稽古に来た門弟たちの指導を終え、昼からは誰も来る予定がないので仮眠を取ろうとしていた。

自分の部屋で横になり、うとうとしていた泰徳は、廊下の足音で雪松が来たと思い寝返りを打った。

片目を開けていると、雪松が障子を開けて入り、あとを追ってきたお滝に、

「これ雪松、お行儀の悪い」

そう言われて、思い出したようにその場で正座した。

「父上、入ります」

もう入っているが、泰徳は、うむ、と応《こた》えて起き上がった。

お滝に微笑《ほほえ》み、雪松に訊く。

「いかがした」

「お客様が、道場でお待ちです」

「どうしてもお伝えするのだと言うものですから」

お滝に言われて、待っているのが千坂智之介だと思った泰徳は、真三郎と和世を不幸にした盗賊どもを捕らえたのかと期待し、道場へ急いだ。

待っていた智之介の表情から、まだ捕まっていないのだと察した泰徳は、向き合って正座した。

頭を下げた智之介が、懇願《こんがん》する面持ちで見てきた。

「先生、稽古をお願いします」

「まだ傷が塞がっていないだろう。無理をするな」

「いえ。片手で稽古をします。何とぞ」

「気持ちはわかるが、片手で敵う相手ではないことは、おぬしが一番わかっておろう。また何かあったのか」

「ございました。これ以上の凶行は許せませぬ」

「死人が出たのか」

「はい。今朝になって判明したのですが、赤坂の両替屋が襲われ、用心棒もろとも店の者が皆殺しにされました」

赤坂と聞いて、泰徳は疑問に思った。これまで聞いている話では、盗賊に入られた商家は、西は半蔵門《はんぞうもん》、東は大手門から北側の町にある店ばかりだった。

「同じ盗賊なのか」

泰徳の疑問に、智之介は確信がありそうな顔でうなずく。

「刀で斬られた者の傷口、それともうひとつ、娘はむごい殺され方で、犯され、首を絞められていました」

智之介はそう言うと、悔しそうに左手で膝を打った。

「姿を見た者はおらぬのか」

泰徳に言われて智之介は顔を上げ、頭を振った。

「今夜から探索に戻していただくことになりました。ですから、何とぞ稽古をお願いします」

熱意に押されて、泰徳はうなずき、立ち上がった。

「いかに腕に覚えがあろうとも、にわか仕込みで片手斬りをしたところで勝てぬ。そこで今日は、小太刀術《こだちじゅつ》を伝授しよう」

智之介は意を決した顔でうなずいた。

「是非とも、お願いします」

「教えるにあたり条件がある。決して一人で探索に出ぬこと。二人以上で動くことはできるか」

「はい。お奉行の計らいで人が増やされましたので、手越と小者六人で動きます」

泰徳はうなずき、壁にかけている短い木刀を取って戻り、稽古をはじめた。

木刀を交えるだけで、命を賭《と》して悪を討たんとする気迫が伝わってきた泰徳は、一刻（約二時間）ほど厳しく鍛え、小太刀の技を伝授した。

元々筋がいい智之介は飲み込みが早く、稽古を終える頃には、一通りの技を覚えたようだ。

「時間が許せば、明日も来なさい。相手をしよう」

泰徳が言うと、智之介は深々と頭を下げ、探索に戻っていった。

昨夜悪事を働いたのなら、今夜は動かないかもしれない。そう思った泰徳であるが、夜になると智之介のことが気になり、一人で出かけた。

智之介は稽古をしている時、真三郎が命を落とした付近を探索すると言っていたので足を向けたが、朝になっても会うことはなかった。

翌日稽古に現れた智之介に訊くと、

「申しわけございませぬ。昨夜はお奉行の命で赤坂におりましたので。と申しますのも、賊の隠れ家と思《おぼ》しき仕舞屋が見つかったのです」

「手がかりが得られたのか」

智之介は残念そうに首を横に振った。

「町の者から、見知らぬ者が夜中に集まっていたとの証言があり、期待して見張っていたのですが出入りがなく、今朝になって中を調べたところ、どうやら盗みをする前後の隠れ場所にするために借りたらしく、家財道具が何ひとつありませんでした。同じ盗賊に間違いないはずですが、こういうのは初めてです」

泰徳は考え、思ったことを口にする。

「奉行所の目を城の南側に向けるために、わざわざ家を借りて、赤坂の店を襲ったのだろうか」

「奉行所では、そういう見方も出ましたが、単に大店《おおだな》を狙っている、という見方が大半でした」

泰徳はうなずいたが、別のことが頭に浮かんだ。

「あるいは、赤坂が隠れ家から遠かったから、ということも考えられるが」

智之介は、はっとした顔をした。

「なるほど。帰ったら上役に相談してみます。城の南側を主に探索することになっていましたが、真三郎が命を落とした場所を中心に、牛込一帯の探索を願い出ます」

泰徳はうなずき、今日の稽古をはじめた。

短い木刀を振るう智之介は、憎い盗賊を討たんとする気迫に満ちている。

稽古を終えて帰る智之介を、泰徳は呼び止めた。

「賊と出会わぬことを願いながら見送るつもりだったが、やはり心配だ。はっきり言う。昨日よりも格段に動きがよくなっているが、真三郎を斬った相手にはまだまだ届かぬと思う」

智之介は薄い笑みを浮かべて頭を下げた。

「わかっております」

「そこでだ、今夜は、石切橋で落ち合わぬか。邪魔はしない、共に回ろう」

智之介は、困惑した顔になる。

「心強いことですが、先生にご迷惑はかけられませぬ」

「わたしが好きでやることだ。気にするな」

泰徳の心中を察したのだろう、智之介は承諾した。

「では、のちほど」

そう言って、帰っていった。

その夜から、懸命に探索をする智之介たちを守っていた泰徳であるが、一向に手がかりは得られず、何もないまま十日が過ぎた。

手越などは、

「ここではないのでは」

と、智之介に言っていたほどだ。

それを聞き入れてか、十一日目の夜は、石切橋で待っていても智之介たちは来なかった。

続けていた昼の稽古にも来なかったので、急な役目でも入ったのかもしれぬ。

そう思い、独自に探索をするため、橋から離れた。

そのあとに智之介が使わした小者が来たのだが、知る由《よし》もない泰徳は、前から気になっていた、町奉行所の探索が及ばぬ護国寺門前の寺領の町へ向かった。

泰徳が、熊次郎一味が隠《かく》れ蓑《みの》にしている次郎庵がある護国寺の門前に目を向けたのは、怪しいと思ったからではない。ただ単に、町方の智之介たちの手が及ばぬ町の、夜の姿を見てみようと思っただけだ。

寺領の門前町は、寺社方の者が熱心に夜廻りをしている様子もなく、行き交っているのは、遅くまで商売をしている飯屋を目指す客たちだ。

通りに辻灯籠があり、歩く者たちの顔を見ることができる。

時刻は五つ半（午後九時頃）頃だろうか。

客の他には、家路を急ぐ者たちがちらほら目につく中、泰徳は、護国寺の山門《さんもん》前を右に曲がり、幅が広い道を歩いた。辻灯籠のそばに、富士見坂《ふじみざか》と書かれた杭《くい》がある。泰徳は坂の上から下を見た。

暗い坂道は、どこに下りるものだろうか。

このあたりの地理に疎《うと》い泰徳は、真三郎が命を落とした道筋に戻ろうと思い、引き返した。

あたりを見ながら歩いていると、護国寺の山門のほうから、葛籠を背負った二人組の町人が歩いてきた。すれ違った泰徳は、店の軒先に寄って振り向いた。どうにも、その者たちの目つきが気になったのだ。

目で追っていると、男たちは振り向きもせず坂を下りていった。

気のせいか、と思い、ふたたび護国寺に向かって歩いていると、少しして、同じように葛籠を背負った男が歩いてきた。

一人だが、この者の目の配り方も、泰徳には怪しく見えた。

すれ違い、立ち止まって見ていると、男は坂を下りる前にこちらを気にして振り向いた。目が合ったのは一瞬で、止まることなく去っていった。

あとを追おうとしたが、護国寺のほうからまた二人組が来ているのが別の辻灯籠の明かりで見えた泰徳は、近くの路地に入った。

暗がりから通りを見ていると、前から来ていた二人組が、無言のまま通り過ぎていった。

同じような身なりの者が五人。しかも、皆人相が悪い。

他にもいるかと思い通りに出てみると、程なく、護国寺の門前にある次郎庵の横の路地から、六人組の男が出てきた。

店を閉めてどこに行くのか。

しかめっ面の男を守るように歩く者たちは、黙然《もくねん》と歩いている。その中に、先日手越と話していた次郎庵の男がいた。人相が別人のように悪く、目つきが鋭い。

どうにも不審に思えてきた泰徳は、その者に気づかれないよう裏路地に入って走り、富士見坂の手前に先回りした。

物陰から見ていると、六人組は足早に坂をくだっていく。

泰徳は、

「奴ら、盗賊に違いない」

そう思い、坂下を見た。

怪しい者どもが坂下の道を右に曲がり、お城の方角へ行くのを見て駆け下り、坂下の商家の角から夜道をうかがう。

遠く離れている黒い人影を追っていくと、怪しい者どもは商家の角を左に曲がった。

走って商家の角へ行き、道をのぞき見ると、姿がなかった。追っていくと、道は左右に分かれていた。

泰徳は迷わず右へ行き、姿を捜した。だが、武家屋敷と商家の境の道は曲がりくねり、路地は迷路のように分かれている。

泰徳は路地を走り、捜し回った。見つけられないまま広い道に出た時、左側に続く漆喰壁の先にちょうちんの明かりが見えた。

町方同心の身なりを見て、泰徳が駆け寄ってみると、寄り棒を持った小者たちを連れた智之介と手越だった。

智之介が気づき、

「先生」

と言って、笑顔で立ち止まった。

手越も笑顔で言う。

「出会えてよかった。一緒に回ってください」

泰徳はそんな二人に訊く。

「賊と思しき怪しい者たちを追っていたが、見失った。六人組だが、見なかったか」

智之介が首を横に振る。

「いや、見ていません」

「他にも葛籠を背負った者が五人いる。その者らも見なかったか」

「はい」

「そうか」

泰徳は顔をしかめた。

「近くにいるはずだ。今自分がどこにいるかわからぬので教えてくれ。この長屋塀が続いている屋敷はどこの物か」

「加賀藩《かがはん》の上屋敷です」

言われて場所がわかった泰徳は、智之介に告げる。

「このあたりの商家を狙っているかもしれぬ。手分けして捜そう」

「わかりました」

「少なくとも、六人組は次郎庵から出てきた」

「え！」

驚いたのは手越だ。

「まさか」

「ほんとうだ」

泰徳が言う。

「前にとろろ飯を食べた店から出た時、次郎庵の男と言葉を交わしたのを覚えているか」

「はい」

「奴も六人の中にいた」

「まさか、そんな……」

「奴は前とは別人のように悪い顔をしていた。これはわたしの勘だが、間違いないと思う。葛籠を背負った奴らと、どこかで落ち合っているかもしれぬ」

信じられないという面持ちの手越の横で、智之介が応える。

「わかりました。先生の勘を信じて捜します」

「頼む」

「手越、顔を覚えているのか」

智之介に言われて、手越はうなずいた。

「では捜すぞ。賊は十一人だけではないはずだ。他にもいるだろうから油断するな」

「はい」

手越が言う。

「先生、一緒に捜していただけますか」

「いや、わたしは裏道を捜す。何かあれば呼子《よびこ》を吹いてくれ。駆けつける」

「わかりました。では、先生もこれを」

智之介と手越は泰徳に呼子を渡して頭を下げ、小者たちを連れて走った。

泰徳は、彼らとは通りをひとつ違《たが》えて商家のあいだの道を捜した。

夜中の通りを捜したが、寝静まった町では猫さえ姿を見せず、あきらめかけた時、夜空に呼子の音が響いた。

続けて鳴る音を頼りに走っていくと、加賀藩御用達《ごようたし》の看板を掲《かか》げた呉服屋の前で騒ぎが起きていた。智之介と手越が、小者たちと力を合わせて盗賊どもを捕らえにかかっていたのだ。

捕り物の混乱に紛《まぎ》れて一人逃げたが、智之介は追わずにあたりを警戒している。左手には十手ではなく小太刀をにぎっているところを見ると、賊よりも、真三郎を斬った者が現れるのを待っているように思える。

斬りかかる者がいたが、智之介は小太刀を振るって足を傷つけ、斬られた者は倒れ、激痛に耐えかねた声をあげている。

駆けつける泰徳に気づいた智之介は、安堵《あんど》の笑みを浮かべた。その背後に忍び寄る影に気づいた泰徳は、目を見張って叫んだ。

「後ろだ！」

智之介は振り向き、打ち下ろされた刀をかろうじて受け流したが、腹を蹴られて仰向けに倒れた。起き上がろうとするところへ剣客が迫り、刀を大上段に振り上げた。

「死ね！」

幹竹割りに打ち下ろされた一刀を、駆けつけた泰徳が受け止めた。そして押し返しざまに、横に一閃《いっせん》する。

跳びすさった剣客は、覆面が横に斬り裂かれたことに驚いたが、つかんで捨て、泰徳を睨んだ。

細面《ほそおもて》で鋭い目を向けるのは、篠崎謙洋だ。

寄り棒を向ける小者たちに囲まれ、手下に守られている熊次郎が言う。

「先生、遅いですぜ。盗賊の剣で皆殺しにしてくださいよ」

「心得た」

泰徳を睨んだまま応じた篠崎は、右足を引いて脇構えに転じ、刀身が泰徳の目に見えぬ構え方をした。泰徳が正眼《せいがん》に構えようとする隙《すき》を突いて、気合もかけず無言で迫り、泰徳の左下から斜めに斬り上げた。

太刀筋が鋭く、泰徳は危うく斬られそうになったが、跳びすさってかわした。

篠崎の動きは速い。

泰徳が跳びすさると想定しての攻撃だったらしく、跳んで迫り、唇に薄笑いさえ浮かべて片手斬りに横へ一閃する。

泰徳はたまらず刀で受け止めた。すると、篠崎は刀を引き、渾身《こんしん》の袈裟懸けを放ってきた。

受けた泰徳は、剣圧の強さに驚いた。

危うく押し切られそうになり、真三郎はこの技で斬られたのだと察した。

だが、泰徳は真三郎と違い受け止めている。

篠崎は間合いを空け、

「少しはやるようだな」

と片笑《かたえ》んだが、先ほどまでの余裕は感じられない。

刀を背後に隠す構えをふたたび取る篠崎に対し、泰徳は大きな息を吐いて気を整えた。

八双《はっそう》に構え、

「甲斐無限流の岩城泰徳だ。貴様の名を聞いておこう」

落ち着きはらった態度で言うと、篠崎は薄い笑みを浮かべた。

「同心も同じように名乗ったな。甲斐無限流は、たいした流派ではないようだ」

篠崎は言うなり、逆袈裟斬りに襲いかかった。

同じ手は食わぬと見切った泰徳だったが、篠崎は斬ると見せかけて手を止め、

手首を転じて大きく振りかぶり、

「えい!」

大音声《だいおんじよう》の気合をかけ、渾身の力で斬り下ろした。

泰徳は真っ向から受け止め、

「おお!」

負けぬ大音声で体当たりをした。

戦国伝来の強い当たりで飛ばされた篠崎は、商家の板壁で背中を強打し、苦痛に顔をゆがめた。そして、猛然と迫る泰徳に目を見張り、大上段から斬りかかる泰徳の刀を受け止めようとしたが、刀が折れ飛んだ。

額から顎《あご》にかけて斬られた篠崎は、目を見開き、呻き声も出さずに横向きに倒れた。

泰徳は、目を開けたまま動かなくなった篠崎を見おろした。

智之介や小者たちに囲まれながらも、篠崎が勝つものと信じていた熊次郎とその一味どもは、泰徳の凄まじい剣を見て意気消沈《いきしようちん》し、観念して抗《あらが》うのをやめた。

頭を下げた智之介にうなずいた泰徳は、懐紙《かいし》で刀身を拭《ぬぐ》い、鞘に納めた。

七

よく晴れた日の昼過ぎ、西ノ丸の自室にいた左近は、訪ねてきた北町奉行の西《にし》条《じょう》阿《あ》波守《わのかみ》氏信《うじのぶ》から、

「まことに、見事としか申しようのない太刀さばきにございましたようで」

と、泰徳の活躍を教えられた。

西条はさらに、篠崎謙洋についてわかったことを語った。

それによると、篠崎は熊次郎に雇われる前は、大坂で悪事を働いていたらしく、名の知れた剣客を闇討ち同然に斬殺して回り、我に勝《まさ》る者はおらぬ、と言いふらし、高い金で悪党の用心棒を引き受け、殺しを請け負ったりもしていた。

捕らえた熊次郎から篠崎の名が出た時、大坂からの手配書を見て知っていた西条をはじめとする奉行所の者たちは、篠崎が江戸に入っていようとは思ってもいなかったらしく、非常に驚いたという。

「岩城殿の助太刀がなければ、配下の者が大勢命を落とすところでした」

西条は胸をなでおろした様子で言い、改めて礼をするつもりでいることを告げて帰っていった。

左近は泰徳に会いたくなり、程なく城をくだり、大川を渡った。

迎えてくれた泰徳は、向き合って座る左近に言う。

「よかった。つい先ほど戻ったところだ」

門弟を失い、深い悲しみの中にいるのであろう。笑みを浮かべても、目はいつもの泰徳ではない。

「どこに行っていたのだ」

左近が訊くと、泰徳は目筋を下げた。

「並んで眠る真三郎と和世殿の墓前で、報告をしてきた」

「心中を察する」

泰徳は目に涙を浮かべ、見せまいと横を向いた。気持ちを落ち着けようと深いため息をつき、左近に向いて言う。

「今から、酒に付き合ってくれぬか。酔いたいのだ」

「うむ」

左近は、酒肴《しゅこう》を持ってきた泰徳と縁側に並んで座り、互いに酌をした。

何を語り合うでもなく、泰徳の気がすむまで、酒を酌《く》み交わした。

第四話　贋作小判《がんさくこばん》

※

源蔵が亀井町に現れたのは、小雪が舞う日のことだ。

藺草《いぐさ》の外皮《がいひ》を適当にむいた物の束《たば》を担《かつ》ぎ、灯心《とうしん》の行商に化けた源蔵は、両替屋、北沢屋仙右衛門宅の裏路地に回り、勝手口から入った。

台所仕事をしていた下働きの女に頭を下げ、

「灯心はいりませんか」

と、愛想《あいそ》笑いで売り込みをかける。

内面は畜生にも劣《おと》る源蔵であるが、女受けする面立《おもだ》ちをしているうえに、熊次郎から騙《だま》しの技を仕込まれているだけに、下働きの女は忙しそうだが、つっけんどんに追い返さない。

「もらおうかね」

手を止めて優しく言い、手招きして中に入れた。

ひと束十本の灯心を三束買うと言われて、源蔵は喜んで手渡し、駄賃にもならぬわずかな銭を受け取ろうとして、銭を落とした。わざとである。

「あいすみません」

慌《あわ》てた様子で拾いながら、家の中に目を走らせる。そして、こちらを見ている女に目をとめた。引き込み役として入っている実奈だ。

源蔵は、実奈に目配せをして銭を拾うと、

「どうも、ありがとうございました」

にこやかに言い、路地へ出た。

戸口から少し離れたところで草鞋《わらじ》の紐《ひも》を結びなおしていると、あとを追って実奈が出てきて、戸を閉めて駆け寄った。

立ち上がった源蔵は、小声で告げる。

「お頭《かしら》のことで話がある。ひとつ向こうの通りにある菊屋《きくや》という旅籠《はたご》にいるから、あとで必ず来い」

実奈は、色白で整った顔に疑念を浮かべた。

「話って何さ」

「ここで言えば、おめぇはひっくり返っちまう。いいな、必ず来いよ」

源蔵はそう言うと、足早に去った。

実奈が来たのは、昼を過ぎた頃だった。

二階の部屋に入れて襖《ふすま》を閉めた源蔵は、警戒している実奈の前に座り、じっと顔を見て言う。

「落ち着いて聞け。お頭がとっ捕まった」

「え！」

実奈は息を呑《の》み、見る間に顔から血の気が引く。

「ま、まさか、だって篠崎の旦那が……」

「死んだよ。ばっさり斬られた」

「嘘《うそ》……」

「嘘じゃねぇ。お頭とみんなは獄門《ごくもん》だ」

動揺する実奈の顔色を見ていた源蔵は、いきなり抱きつき、押し倒した。

初めこそ抵抗していた実奈であるが、

「これからはおれが頭だ。手下も三人いる」

源蔵からそう言われて、おとなしくなった。

夢にまで見た想いを遂《と》げた源蔵は、汗ばんだ柔肌《やわはだ》から離れ、煙草《たばこ》を吸いながら言う。

「このまま江戸を出よう。これまで江戸で盗んだ金は町奉行所の奴らに持っていかれちまったが、なぁに、手下どもを一年食わせるくらいは手元にある。長崎へ行こうぜ。仕事を終えて江戸を出た引き込み役を呼び寄せて、一から出直しだ」

実奈は裸体《らたい》を起こし、うつ伏せで煙草をくゆらせている源蔵の背中に顔を寄せた。

「このまま江戸を出るのはいやだよ。北沢屋の金蔵には大金があるから、いただいて行こうよ。あるじと番頭の鼻を明かしてやりたいし」

「なんだ、いやなことでもされたのか」

「とにかく偉そうなのさ。特に番頭は、油断するとすぐ身体を触ってくるし」

「そいつは許せねぇな。よしわかった、と言いたいところだが、用心棒が何人もいるんだろう。お頭が慎重になられていた北沢屋だぜ」

「みんな油断しきって、毎晩酔っ払って寝ているから大丈夫さ。あたしが裏から手引きするし、お前さんの錠前破《じょうまえやぶ》りの腕があれば、気づかれないから。ねぇ、お願いだよ、お前さん」

惚《ほ》れている実奈に抱きつかれて、源蔵はその気になった。

「ようし、やってやろうじゃねぇか」

そう言うと、ふたたび身体を求めようとしたが、実奈は離れて立ち上がった。

「怪《あや》しまれるから、もう帰らなきゃ。いつやってくれますか、お、か、し、ら」

「ふふ、いい響きだな。そうさな、ゆっくりしちゃいられねぇから、今夜はどうだ」

「いいですとも。偉そうな二人が悔しがる顔を想像すると、嬉しくなるよ。お楽しみは、そのあとで」

実奈は流し目を向けて身なりを整えると、源蔵の耳たぶに唇《くちびる》を近づけ、手引きする刻限を告げて帰っていった。

雪はやみ、夜になると星空が広がったものの、凍《い》てつく寒さになった。

熊次郎から盗みの技を仕込まれた源蔵と三人の手下は、先日の捕り物が記憶に新しいだけに、夜道の警戒に余念《よねん》がない。

源蔵は、実奈を自分の物にした旅籠の部屋をそのまま借りておき、身を隠していた仲間を呼びに行って戻り、夜を待っていたのだ。

客が寝静まった丑三《うしみ》つ時《どき》（午前二時頃）に動き、宿の者には早立《はやだ》ちをすると告げて外へ出た。

葛籠《つづら》を背負い、旅人の体《てい》で北沢屋の裏手に到着した源蔵とその一味は、実奈が裏木戸を開けるのを静かに待った。

実奈も熊次郎に鍛えられた一流だ。刻限どおりに、音もなく戸が開いた。中に入った源蔵は、実奈の手をつかんで引き寄せた。

「用心棒は」

「大丈夫。昼間は六人もいたけど、今は一人だけよ」

「そいつはいいや。おめぇも来い」

実奈はこくりとうなずき、先に立って案内した。

金が唸《うな》る北沢屋の蔵は、ありがたいことに外にある。母屋《おもや》の裏にある狭い庭を静かに歩いて抜け、渡り廊下の下に入って様子をうかがう。

目当ての蔵は、渡り廊下の先にある。

漆喰壁《しっくいかべ》と瓦屋根《かわらやね》の重厚なたたずまいに、源蔵は唇を舐《な》めた。

「いかにもお宝がありそうな蔵だな。はじめるぞ」

手下を連れて蔵の扉に取りついた源蔵は、得意の技で難なく錠前をはずした。漆喰の重い扉を開け、木戸を開けて忍び込んだ一味は、火縄で蠟燭《ろうそく》を灯《とも》した。

明かりに浮かび上がったのは、台に置かれた千両箱の山だ。

「こいつはすげぇや」

手下の一人が言って千両箱に手を伸ばしたが、持ち上げて驚いた。

「軽い」

蓋《ふた》を開けると、中は空だった。

「嘘」

実奈が慌てて別の箱を開けると、やはり空だった。

「お頭の目が狂っていたのか」

そう言った源蔵は、路銀《ろぎん》だけでも手に入れようと焦《あせ》り、千両箱を片っ端から開けにかかった。

手下が、奥にひとつだけ離して置いてあった千両箱を見つけて、蓋を開けた。

「頭、ありやした」

取り出したのは、小判がたったの五十枚だ。

源蔵はしかめっ面《つら》で、

「しけてやがる」

と言って小判を袋に入れさせ、実奈の手をつかんだ。

「ずらかるぞ。このまま江戸を出る」

実奈はうなずき、手を引く源蔵について蔵から出た。

「誰だい？　そこにいるのは」

手燭《てしょく》を持った浴衣姿《ゆかたすがた》の三十代の男が、渡り廊下の向こうに立っていた。

「仙右衛門だよ」

実奈が言い、舌打ちをした源蔵が、

「見つかったんなら仕方ねえ」

そう言って、手下に顎《あご》で指図した。

応じた手下が道中差《どうちゅうざ》しを抜いて殺しに行く。

手燭を持った仙右衛門は睨《にら》んで下がり、障子を開けていた部屋に逃げ込んだ。

手下が追って入ろうとしたが、

「おわっ」

奇妙な呻《うめ》き声をあげた。用心棒に腹を手槍《てやり》で突き刺されたのだ。

押し出され、廊下から蹴り落とされた手下は転がって動かない。

愕然《がくぜん》とした源蔵は、逃げるぞ、と叫び、実奈の手を引いて裏庭を走ったが、障子を開けて出てきた北沢屋の者たちに行く手を阻《はば》まれた。

浴衣姿の三人は皆、手に匕首《あいくち》をにぎっている。

源蔵が睨む。

「てめぇら、ただの両替屋じゃねぇな」

そう言って、実奈に袋を持たせて道中差しを抜き、斬りかかった。

背後では、追う用心棒に手下が斬りかかったが、あえなく突き刺されて倒された。

残る一人の手下は、用心棒が繰り出す槍を道中差しで受け流し、斬りかかって揉《も》み合いになったが、店の男が背後から飛びかかり、刃物で背中を刺した。

源蔵は逃げられないと悟《さと》り、惚れた実奈を連れて裏木戸から出ると、押し放した。

「逃げろ！」

大声で叫び、追って出た店の者に斬りかかったが、かわされ、腕を斬られた。

「お前さん！」

「いいから早く行け！」

源蔵は路地を塞《ふさ》いで立ち、人相が悪い店の者たちに言う。

「おれは人殺しだぜ。覚悟しな」

斬りかかり、道中差しをめったやたらに振り回して店の者たちを下がらせた源蔵だったが、出てきた用心棒に腹を突かれた。

口から血を流し、槍をつかむ源蔵は、実奈が路地から逃げたことを確かめ、用心棒に負けずの笑みを向けた。

「蔵に残っていた金は、源蔵様がいただいたぜ。ざまぁみやがれ」

用心棒は槍を抜き、呻いて倒れた源蔵にとどめを刺した。

「追え！　逃がすな！」

店の者たちに命じた用心棒は、実奈を追って夜道を走った。

命からがら逃げていた実奈は、場所もわからない通りから路地に逃げ込んだところで、どぶ板に足を取られて転んだ。その拍子《ひようし》に手から袋が離れ、源蔵から渡されていた小判を路地にぶちまけてしまった。

必死にかき集めた実奈は、表の通りで自分を捜す男たちの声がしたのに怯《おび》えた顔で振り向き、路地を走って逃げた。

「いたぞ！　こっちだ！」

店の者が叫び、用心棒と三人の男が路地を駆け抜けた。

女の悲鳴が路地の先に響き、すぐさま静かになった。路地の両端にある家からは誰一人出てこず、何もなかったかのような静寂に包まれている。

それから時が過ぎ、空が白みはじめた頃、千鳥足《ちどりあし》の男が路地に入ってきた。

知り合いの家で先ほどまで酒を飲んでいた男は、長屋に帰るために路地を歩いていたのだが、実奈がつまずいたのと同じどぶ板に足をひっかけ、顔から突っ込んだ。

額《ひたい》と目の下をすりむいたことにも気づかぬほど酔っている男は、大あくびをして、その場で寝てしまいそうになったが、昇ってきた朝日にきらりと光る物を見つけて、目をこすった。

「なんだ？」

水桶《みずおけ》の横で光った物を手で引き寄せた男は、小判だとわかって目を見張り、飛び起きた。見れば、あと二枚ある。

一発で酔いがさめた男は、誰も見ていないことを確かめ、拾って着物の懐《ふところ》に入れた。もう一度人目を気にした男は、舌なめずりをしてその場から去った。

一

年の瀬を迎えた江戸城では、さして行事もなく、西ノ丸にいる左近は穏やかな日を過ごしていた。

そろそろお琴に会いに行こうかとも思った左近であるが、気になることがあり、自室の縁側に出て庭を眺《なが》めながら、考えごとをしていた。

又兵衛が来たのは、そんな時だ。

「殿、お耳に入れたきことがございますが、今よろしゅうございますか」

「聞こう」

左近は又兵衛を部屋に招き、上座に正座した。

向き合って座した又兵衛は、今江戸で流れている噂《うわさ》を告げた。

「今年江戸を騒がせた盗賊、熊次郎とその一味のことですが、あの一味は、実は公儀の手先で、今年から新しく作っている小判（元禄小判）と換金するのを渋っていた商家の金蔵から、質がよい慶長《けいちょう》小判を奪うためだ、という噂がございます」

左近は、そのことか、と言った。

すると又兵衛が、身を乗り出す。

「まだございます。一連の盗賊騒動は、改鋳《かいちゅう》の仕掛け人である勘定吟味役《かんじょうぎんみやく》の荻《おぎ》原重秀《わらしげひで》殿がやらせたに違いないという名指しの声が、あちらこちらであがっているようです」

「そのことも、つい先ほど間部から聞いた」

「おお、さようでございましたか。して殿は、いかが思われましたか」

「ありもせぬことだと思う」

「ご無礼ながら、そうでありましょうか」

「慶長小判の行き先のことか」

「はい。ご友人の岩城殿のご活躍で捕らえた熊次郎は、町奉行所の調べで三万両もの慶長小判を隠していたことが判明しましたが、一両たりとも商家に返されず、没収されたままと聞きます」

「新しい小判が揃《そろ》い次第返すと聞いているが、それではいかぬのか」

「荻原殿が盗ませたという声があがっているのは、そこでございます。どの商家も、盗まれた慶長小判をそのまま返してほしいと願い出ても、突っぱねたとか」

「それは初耳だ。新しい小判では、不服か」

「これをご覧ください」

又兵衛は、左近の前に小判を二枚並べた。

「右が慶長小判、左が改鋳された新しい小判でございます。ご存じかとは思いますが、改鋳は、慶長小判二枚を溶かして銀を加え、新小判を三枚作る仕組みにございます」

左近は改めて、二枚を手に取って見くらべた。金の輝きは、ほんの少しの違いだが、慶長小判のほうが美しいように思える。

又兵衛が言う。

「金山で採《と》れる量が減っている今、混ぜ物をして質を落とした小判を大量に作れば、取り返しがつかぬことにならぬかと案じる声が多数ございます」

「白石も、そう申していたな」

又兵衛は驚いた。

「さようでございましたか。して、白石殿はなんと」

「これを考えた荻原は、今のことしか見ておらぬと批判していた」

「それがしも同感です。白石殿は、他にも何か言いましたか」

左近が話そうとしたところへ、間部が来た。

「殿、お目をお通しいただきたい書類がございます」

「うむ。まあ座れ」

「はは」

間部が座るのを待ち、左近は言う。

「今、又兵衛と新しい小判のことを話していたところだ」

「噂のことですか」

「それもあるが、この新しい小判の質のことで、白石に言われていることがある」

白石と聞いた間部は、厳しい顔をした。

「白石殿が、殿に意見をしたのですか」

「貴重な意見だ。外国へも目を向ける白石は、交易のことを案じている。新しい小判は、知ってのとおり金の量が少ない。このことを長崎に来る外国の者に見抜かれ、小判の貨幣価値を下げられれば、結局、大量の小判が流出することになると憂《うれ》えていた。荻原がしたことはその場しのぎであり、大金を使う将軍家の機嫌取りだと、批判していた」

「柳沢殿の耳に入れば、ただではすまないと存じますが……」

白石を案じる間部に、左近はうなずく。

「他の者に言うなと釘を刺したが、白石が怒っている理由はもうひとつある」

左近は座を立ち、手箱に入れていた三枚の小判を取り出して戻ると、二人の前に置いた。

　間部がのぞき込み、左近に真顔を向けた。

「偽《にせ》小判でございますか」

　一目で見抜いたのは、間部の眼力が優《すぐ》れているからではない。

　又兵衛が手に取り、渋い顔をした。

「見るからに、できが悪いですな。殿、まさかこれが、出回っているのですか」

「そのようだ」

　左近が言うと、間部が訊《き》く。

「白石殿は、これをどこで」

「私塾として借りている町屋の家主から、偽金《にせがね》ではないかと相談されていた。家主は私塾の近くで履物屋《はきものや》を営む上松屋七兵衛《うえまつやしちべえ》と申す者だが、白石によると、七兵衛が持つ長屋の住人が、溜《た》まった家賃を払うと言って持ってきた小判だそうだ。初めは、新しい小判だと思っていたが、持っていた物とくらべてみると、さらに質が悪いことに気づき、白石に相談したのだ」

　間部が言う。

「偽物《にせもの》と気づいた白石殿は、何ゆえ公儀に届けるのではなく、殿に預けられたのですか」

又兵衛が続く。

「まさか殿、これを見せたあとで公儀に届けると言う白石殿を、止められたのではありますまいな」

元大目付《おおめつけ》に見透《みす》かされて、左近は指の先で頬《ほお》をかいた。

やはりそうか、と言いたそうな息を吐いた又兵衛が、困り顔をした。

「今はお暇《ひま》とはいえ、自分から厄介《やっかい》ごとに首を突っ込まれるのはおやめくださ れ。偽物が出回ったのは、改鋳をはじめたご公儀のせいなのですから、勘定方にまかせておけばよいのです」

そこまで言った又兵衛は、しゃべりながら何かに気づいたように、はっとした顔をした。

「上松屋と長屋の住人が厳しい責めを受けぬために、これを隠そうとされたのですか」

「いや、白石が長屋の住人を問い詰め、三枚とも路地で拾った物だとわかっておるゆえ、厳しい責めはない。預かったのは、柳沢殿に渡そうと思うたからだ」

又兵衛は納得したようにうなずいた。

「さようでございましたか。ご無礼を」

「よい」

「殿、すぐお渡ししたほうがよろしいかと」

間部に言われて、左近は偽小判を受け取り、まじまじと見つめて言う。

「これを見せて、どう伝えるべきか考えていた。偽小判が出回っている噂がないゆえ、長屋の住人がこれを作ったことにされかねぬかとも、思ったりしていたのだ」

又兵衛が、それはあります、と答えた。

「柳沢殿は、荻原殿の考えに賛同し、改鋳を推《お》し進めた人物。殿がおっしゃるとおり、まだ偽小判の噂が出ていない今見せれば、長屋の住人が作ったことにされて、見せしめにされる恐れがあります」

「そこで、もう少し様子を見てみようと思う」

左近の考えに、間部が心配そうな顔をした。

「この偽小判は、ほんの一部かもしれませぬ。流行病《はやりやまい》と同じように、噂が出はじめた頃には、江戸中に広がっているかもしれませぬ。手遅れになりますと、商人のみならず、江戸、いえ、日ノ本《ひのもと》中が混乱に陥《おちい》ります」

「そなたの憂いはもっともだ」

とはいえ左近は、柳沢の厳しさを知っているだけに、新たな噂が耳に届くまで偽小判を手元に置くことにし、小五郎に町の様子を探るよう命じるため、使いを出した。

二

左近が心配するいっぽうで、北沢屋仙右衛門は苛立《いらだ》ち、憎々しい面持《おもも》ちで爪を噛《か》んでいた。

逃げた女を捕まえてみれば、

「お前、下働きの……」

何年も前から台所仕事をしていたおゆう、だったからだ。

盗賊の引き込み役を見抜けなかった己に腹が立ち、その怒りをぶつけるように、おゆうならぬ、実奈の顔を平手打ちした。

「言え。残り三枚はどこだ。どこにやった」

盗まれた小判は五十枚のはずだが、三枚足りなかった。

続いて腹を殴られた実奈は呻き、

「ほんとうに知らないんです。命ばかりはお助けください」

と、怯えきっている。

捕まり、口を塞がれ、手足の自由を奪われて北沢屋に連れ戻された実奈は、斬り殺された源蔵と手下たちと一緒の蔵に入れられていたが、昼間に長持《ながもち》に詰め込まれて、今の場所に連れてこられた。

長持から出される前、骸《むくろ》を庭に埋めろ、という声を聞いているだけに、がたがたと震えていた。恐怖のあまり、逃げる時に転んで、小判を路地で落としたことも忘れているのだ。

三和土《たたき》に座らされている実奈を、板の間に座して見ていた侍が、仙右衛門を手招きした。

狡猾《こうかつ》そうな顔をしている侍は、近づいた仙右衛門に言う。

「今日は冷えておるが、女は汗をかいておる。あれは、隠しごとがある証《あかし》じゃ。手ぬるい、もっと厳しく責めよ」

「はい」

応じた仙右衛門は、実奈のところへ戻り、顎をつかんだ。

「言わぬと、この美しい顔が醜《みにく》くなるぞ。どうせどこかで落としたんだろう。思い出せ。言えば逃がしてやるから、怖がらなくていい」

思い出そうとすればするほど焦り、頭が真っ白になった実奈は、路地のことがどうしても浮かばない。しまいには泣きはじめた。

顔をたたこうとした仙右衛門であるが、

「女を痛めつけるのは、どうも気が乗らない」

そう言って、上げた手を下ろした。

侍が苛立ち、下りてきた。

「おい仙右衛門、何をためらう。不出来なあの小判が見つかれば、まずいことになるのだぞ」

そう言い、実奈を痛めつけようとした侍を、仙右衛門が止めた。

「お待ちください奥川《おくかわ》様。むしろ、こうなってよかったかもしれませぬ」

実奈の胸ぐらをつかんで手を上げていた奥川が、仙右衛門を睨んだ。

「何を申しておるのだお前は」

「まあ、お聞きください。今手元にある失敗作をすべて世に出し、小判を贋作《がんさく》する輩《やから》が出たのは改鋳のせいだという噂を広めるのです。そうすれば、柳沢様は必ず、責任を逃れようとされるはずです」

実奈から手を放した奥川は、ほくそ笑んだ。

「なるほど。そうなれば、矢面《やおもて》に立たされるのは荻原だ」

「さよう。奥川様を出し抜いた荻原を失脚させられます。そうなれば、次の勘定奉行はあなた様」

「ふ、ふっふっふ。それはおもしろい。北沢屋、おぬしは悪知恵がよう働くのう」

「お褒《ほ》めいただき嬉しゅうございます。失敗作は手元に四十七枚しかありませんので、あと二百枚ほど作らせ、日本橋と京橋《きょうばし》、麹町《こうじまち》あたりでばらまきましょう。そのあとで、噂を広めます」

「うむ。まかせた。抜かりなくやれ」

「はい」

応じた仙右衛門が実奈を立たせ、縄を解いてやろうとした、その刹那《せつな》、脇差を抜いた奥川が実奈を引き寄せ、腹を突き刺した。

断末魔《だんまつま》の悲鳴をあげた実奈は、仙右衛門に助けを求めてしがみついたが、ずるずると倒れ、目を開けたまま死んだ。

女の怨念《おんねん》を恐れた仙右衛門が、気持ち悪い物を見る目を向け、

「今すぐ運び出して埋めろ。化けて出ないようにお札を貼れ」

応じた手下たちが実奈を運び出し、別の手下が三和土の掃除にかかった。

仙右衛門が奥川に不服そうな顔を向けた。

「女は化けて出ますよ。どうして殺したのです」

「お前は甘い奴だ。女が我らの悪事を黙っているものか。名も知られているのだ、口を封じなければ、大願《たいがん》は成就《じょうじゅ》せぬ」

奥川はそう言うと、屋敷に帰っていった。

仙右衛門は番頭の完治《かんじ》に三和土を塩で清めるよう言い、偽金をばらまく指図をした。

応じた完治は、

「年明けには、江戸が大騒ぎになりますよ」

と言い、塩で清めにかかった。

それをすませた完治は、同じ敷地内にある蔵に行き、籠《こ》もって仕事をしていた者たちの手を止めさせ、これからの段取りを告げた。

きた。

三

元禄九年（一六九六）の正月行事が一段落した頃、左近の耳に、町で次々偽小判が出回り、市中では、荻原のせいだという噂が広まっているという話が入ってきた。

知らせたのは小五郎だ。

それによると、左近が手元に置いているのと同じ、質の悪い小判が多数見つかり、その出どころは商家でも両替屋でもなく、上松屋七兵衛の時と同じく、貧乏長屋の者や無宿人《むしゅくにん》が道端で拾った物だった。

庶民たちは普段、銭のやりとりで暮らしているため、小判を一度も手にすることなく一生を終える者もいる。それは小商《こあきな》いをする者も同じで、小判で勘定を払われたら目を見張り、釣りが出せないと言って断る店もある。

だが、溜まったつけや、釣りはこれまでの迷惑料で取っておけとか、一年分の前払いなどと言われれば、商売だから喜んで受け取る。そうして、小銭に換金しに両替屋へ行った時に、偽小判だと言われて泡を食う者が多く、江戸の町は、紙に落ちた墨《すみ》が染みるように、騒ぎが広がったのだ。

年始のあいさつをして間がない白石が、ふたたび西ノ丸に左近を訪ねてきたのは、小五郎から報告を受けていた時だった。

何を言いたいのか察しがつく左近は、知らせた間部にここへ通せと言い、小五郎を下がらせた。

程なくして険しい面持ちの白石が廊下に現れ、自室の中に誘う左近の前に座すと、あいさつもそこそこに迫った。

「江戸市中の声がお耳に届いておられますか」

「うむ。たった今、聞いたところだ」

白石が身を乗り出す。

「このままだと小判を贋作する者が増え、日ノ本中が混乱します。改鋳をただちにやめさせるべきです」

白石の言うとおりだと、左近は思う。偽小判が大量に出回れば、金の価値が下がり、世の中の物価が上がる。そうなれば、苦しむのは庶民たちだ。米が買えなくなれば鬱憤《うつぷん》が溜まり、群衆となって打ち毀《こわ》しが起こるのは必至。

「このままにしてはおかぬ」

左近はそう言って、柳沢を西ノ丸に呼んだ。

間部が柳沢の来訪を告げたのは、それから一刻（約二時間）後のことだ。

待つあいだに白石と話をしていた左近は、書院の間に同道させた。

見知らぬ者がいることに、柳沢はいぶかしむ顔をしつつ、左近に頭を下げた。

「遅くなりました。ご用の向きはなんでございましょう」

「偽小判のことは、知っておるか」

訊く左近に、柳沢はうなずいた。

「存じておりますが、こちらの者は……」

名乗らぬ白石を不服に思ったらしい柳沢は、厳しい目を向けた。

白石が神妙な面持ちで頭を下げる。

「申し遅れました。新井白石にございます」

すると柳沢は、薄い笑みを浮かべた。

「名前だけは、聞いておる。そなたが新井白石殿であったか」

「以後、お見知りおきを」

「うむ」

柳沢は、左近に目を向けた。

「偽小判のことで、何かございますか」

「上様のお耳には届いておるのか」

「いえ、まだお耳に入れておりませぬ」

「おぬしのことだ、そうであろうと思っていた。どう考えている」

「どう、とは」

濁《にご》すように訊き返す柳沢は、腹が据《す》わった面構《つらがま》えだ。

左近は、遠慮なく言う。

「偽小判をつかまされた者は、荻原を罵《ののし》ることで不満をぶつけている。だが本心は、改鋳をはじめた公儀に不満があるのだ。このままでは、民の不満が高まるばかりであるうえに、小判を贋作する者が増える恐れもある。思い切って、改鋳を止めてはどうか」

するど柳沢は、睨むような眼差しとなった。

「新しい小判の質が悪いゆえ、偽物を作られてしまった、とおっしゃいますか」

「余《よ》はそう思うが、おぬしはどうだ」

柳沢は、目を下げた。

「確かに質は悪い。それは認めます。ですが、偽小判が出回ったことに繫《つな》げるのは、いささか無理がございましょう」

「おぬしは、改鋳が引き金ではないと申すか」

「西ノ丸様は、偽小判を見られましたか」

「見た」

「ではおわかりのはず。あのように、あからさまに質が悪い代物《しろもの》をばらまいた者の狙いは、金儲《かねもう》けにあらず」

左近は、柳沢が言わんとすることがわからなかった。

「では、何が狙いだと言うのだ」

柳沢は落胆の色を浮かべ、ひとつ息を吐いた。

「この騒ぎは、改鋳を進める荻原が収めますゆえ、口出しは無用に願います。西ノ丸様は何も心配されず、新井殿の講義を受けられ、息災《そくさい》にお過ごしあれ。では、ごめん」

これ以上は聞かぬという態度で、柳沢は早々に去った。

白石は、無礼なお方だ、と言って憤《いきどお》りを隠さない。左近はそんな白石に笑ってみせ、いかにも柳沢らしいと教えた。

「何か策を考えているのであろう」

左近が思ったとおり、それからわずか三日後、江戸中の高札場《こうさつば》に、偽小判についてのお触れが出された。

柳沢は荻原を更迭《こうてつ》せず、荻原の名をもって、次のことを世に広めた。
一、偽小判と知りながら使うことを禁ずる。届け出た者は咎《とが》めず、本物と換金する。
一、偽小判を一枚でも作りし者は、これを捕らえ、縁者にいたるまで獄門に処する。
一、偽小判作りの首謀者《しゅぼうしゃ》を密告した者には恩賞を与える。また、偽小判作りに携《たずさ》わったと判明した者も、一味を潰すことに貢献すれば罪に問わず、恩賞を与える。
お触れはその日のうちに江戸中に広まり、奥川隆元《たかもと》の耳にも届いた。

不安に駆られた奥川は、すぐに屋敷を出て北沢屋に行った。だが仙右衛門は不在で、根岸《ねぎし》の別宅に行っていると言われ、急ぎそちらに向かった。

商家の別宅が点在する根岸の中で、北沢屋の別宅は、周囲に家がない場所にある。

広い庭には松の大木があり、雪雲が垂れ込める空に、黒々と映《は》えていた。

表を守っている手下が気づいて駆け寄り、頭を下げた。

「仙右衛門はおるか」

「はい」

手下が表の戸を開けるのを待ち、実奈を斬殺して以来足が遠のいていた敷地に入った。

藁葺《わらぶ》き屋根の母屋へ入り、枯山水《かれさんすい》の庭を見られる客間に座して程なく、仙右衛門が急ぎ足で来た。

奥川は開口一番、

「荻原に、してやられた」

と、口惜《くちお》しげに吐き捨てた。

仙右衛門は、神妙な顔をして何も言わない。

奥川は苛立ちを露《あら》わにした。

「おい仙右衛門、触れが出たことを知らぬのか」

「存じております」

「ならばなぜ黙っておる。偽金を作らせている者たちの家族は大丈夫なのであろうな」

「そこを確かめに、来たばかりにございました」

「して、どうなのだ」

「まだ訊いておりませぬが、嘘をつかれるといけませんので、どうしたものか、考えていたところでございます」

奥川は、しばし共に思案をめぐらせ、知恵を授《さず》けた。

仙右衛門は承諾し、番頭の完治に命じて、職人たちを庭に集めさせた。

蔵からぞろぞろと出てきた八人の職人は、完治がその腕を買って集めた者たちだ。彫金師《ちょうきんし》に鋳物《いもの》職人といった、小判作りに欠かせぬ者たちばかりで、一人でも欠ければ一日に作られる数が減ってしまうため、仙右衛門は気を遣《つか》っている。

奥川は、職人たちから見えぬところに隠れ、様子を見ている。

仙右衛門は、横手から睨みを利かせる奥川をちらと見て、庭に顔を向けた。

「手を止めてすまないね。集まってもらったのは、心配なことが起きたからだ」

仙右衛門は皆に、荻原の名で出されたお触れのことを教えた。そして、長らく敷地から出ていない者たちの顔色をうかがい、唇を舐めて続ける。

「というわけなんだが、実はつい先ほど、我らと同業の者の話が耳に入った。お触れを見て金に目がくらんだ職人の女房が、うちの亭主が関わっています、と言って名乗り出たんだが、褒美《ほうび》をもらうどころか、首謀者共々夫婦揃って捕まり、獄門にされてしまったよ」

庭に立って聞いていた職人たちから、

「馬鹿な女房だ」

「お上を信じるからそんなことになるのだ」

と、失笑が漏れる。

「他人《ひと》ごとじゃないよ」

仙右衛門は心配そうな顔を作り、皆に問う。

「もしもこの中に、偽金を作ることを家族に話している者がいたら隠さず言っておくれ。嘘を鵜呑《うの》みにして密告されるといけないから、今すぐ公儀の罠《わな》だと教えないと、ここにいるみんなの命がないからね」

するど、年長の職人が、

「旦那様、あっしは身寄りもない独りもんだ。こいつらもそうですよ」

と言い、五人の仲間を名指しで教えた。

そして、

「おい、おめぇはおふくろさんがいたよな」

年長の職人に言われた三十代の職人が、慌てたように仙右衛門に言う。

「おっかさんは、おいらが息子だともわからない始末で、長屋の隣に暮らす赤の他人を息子夫婦だと思い込んでいますんで、ご心配なく」

「それは気の毒だね」

心底案じているような態度で言う仙右衛門は、残る一人に目を向けた。

「太吉《たきち》さんはどうなんだい」

黙って背中を丸めていた三十代の職人が、首を横に振った。

「自分にも、話すような者はいません」

すると、番頭の完治が口を出した。

「深川のなんとかという長屋で暮らしている弟にも、言っていないのかい」

訊かれた途端に、太吉の目が泳いだ。

見逃さない仙右衛門は目を細め、すぐに笑みを浮かべる。

「言っていないならいいんだ。けどね、ことがことだから、念のため口止めをしておいたほうがいいと思う。弟さんの名前と、住処《すみか》を教えてくれるとありがたいんだが、どうだい」

太吉は戸惑う顔をした。

するると、他の職人たちが太吉に言う。

「おれたちの命がかかっているから言えよ」

「そうだぜ太吉、旦那様がおっしゃるとおりにしろ」

太吉はうなずき、仙右衛門に顔を向けた。

「弟の名は庄助《しょうすけ》です。今は深川ではなく、本所の御家人、久松哲之助《ひさまつてつのすけ》様の屋敷で下働きをしています。ですがご心配なく。偽金を作ることは、いっさい話していません」

御家人など、小物と見ている仙右衛門だが、太吉にはそんな態度を見せず、心配そうな顔を作った。

「御家人とは、厄介ですね。ほんとうに、弟は知らないのかい」

「はい。久松様は厳しいお方ですから、偽金を作ると言えば弟が許すはずがないので言っていません」

「そうかい。それなら安心だ。手を止めて悪かったね。この話は終わりだ。仕事の進み具合はどうだい。新しい小判に近づけそうかい」

訊かれて、太吉はうなずいた。

「もうすぐお見せできます」

「それは楽しみだ。みんな、たっぷり礼をするから、引き続き頼んだよ」

「へい」

職人たちは声を揃えて応じ、蔵に戻った。

仙右衛門が部屋の奥に戻ると、奥川が出てきて、前に正座した。

「お聞きのとおりですから、ご安心を」

仙右衛門は余裕の表情で言うが、奥川は厳しい面持ちだ。

「あの太吉とか申す職人、どうも信用ならぬ。念のため、弟を始末しておけ」

「え、殺すのですか」

「何をためらう。こたびのお触れではっきりした。わしは、荻原と柳沢のあいだに割って入ることはできぬ。となると、偽金で大儲けして、金の力でのし上がってくれる。それには、少しの隙《すき》も作ってはならぬ。早々に殺せ」

「はは、承知しました」

仙右衛門は頭を下げ、帰る奥川を見送った。

四

兄が金に目がくらんで偽小判作りに関わったことで、命を狙われる身となったなどとは露《つゆ》ほども思わぬ庄助は、今日も真面目に、久松哲之助に仕《つか》えている。

久松は学問好きで、白石の私塾に通っている者だ。年が明けて六十の齢《よわい》になった老人に子はなく、妻とは二十年前に死に別れて以来寂しい暮らしをしていたのだが、庄助が仕えるようになってからは、

「お前が来てくれて、わしは嬉しい」

ことあるごとに言い、表情が明るくなっていた。

また庄助は、久松から養子に望まれ、

「共に、白石先生から学べ」

と言われて、庄助もすっかりその気になり、武家になる日を夢見て学問に励《はげ》んでいた。

雪雲が晴れた今日も、庄助は久松と共に白石の私塾に来て、座敷に藤色の着流し姿を見つけて目を輝かせた。

「新見様、お久しぶりです」

西ノ丸様だとは夢にも思わない庄助は、時々共に白石の講義を受けている浪人新見左近のことを、

「新見様は、浪人とは思えぬ品がございます」

などと、久松に言ったものだ。

また、左近の正体を知らぬ久松も、

「おお、新見殿、久々だの。共に学ぼうぞ」

親しく話しかけ、素知らぬ顔で講義をする白石の教えを受けた。

およそ一刻半（約三時間）ほどかけて白石が説《と》いたのは、司馬光《しばこう》が資治通鑑《しじつがん》で世に知らしめる、人としての道義。そこから話がそれ、国を治《おさ》める者は正義を重んじ、民の暮らしを守らなければならないと説いた。

左近は話を聞きながら、白石が暗《あん》に、今の公儀がしていることが道義にはずれていると、左近に訴えているのだと感じた。

生類憐みの令に加え、このたびの小判改鋳、それに加えて偽小判の出回りで生じた市井《しせい》の混乱は、すべて国を治める者が道義にはずれたことをしているからだと、訴えているのだ。

そうと見抜いた久松などは、先ほどから青い顔をしていたが、ついに口を挟ん

だ。

「先生、言いすぎですぞ」

だが、白石の熱弁は止まらない。

久松はますます焦り、

「あいや、今のはいけませぬ。新見殿、新見殿、今聞いたことは、決して外で言うてはなりませぬぞ」

白石が危ういことを言うたびに止め、左近を気にしていた。

浪人の左近が外で言えばお上の耳に入ると思い、焦っているに違いない。

左近は、止めても熱く語る白石と、いちいち焦る久松を見ていておかしくなり、笑いをこらえるのに必死だった。

白石が左近に思いを告げ終えた時には、久松は額に汗を浮かべ、疲れた様子でぐったりしていた。

庄助はたいそう心配し、

「旦那様、大丈夫でございますか」

水を持ってきて飲ませ、やっと落ち着いたところで白石に、

「先生、今日のご講義はわたしにもわかりやすく、大変勉強になりました。よう

するに今のご公儀は、悪政を布《し》いている、ということでございますね」

などと言うものだから、久松老人は水を吹き出した。

左近は我慢できず笑い、白石はというと、満足そうにうなずいている。

帰り支度を整えた庄助は、久松に大刀を渡し、左近と白石にあいさつをして私塾を辞した。

「今日の講義は疲れた」

と言いながら帰る久松に続いて歩いていると、前と後ろから二人の浪人風が走って近づき、抜刀《ばっとう》した。

いきなり気合をかけて斬りかかった浪人風であったが、久松は文武に長《た》けた者。抜刀して弾《はじ》き上げ、庄助の腕を引いて下がり、二人の曲者《くせもの》と対峙《たいじ》する形をとった。

久松は刀を峰《みね》に返し、曲者を睨む。

「おのれら、何奴じゃ」

答えぬ二人は、じりじりと間合いを詰めてくる。

右の曲者が大上段から斬りかかったが、久松は受け止めると同時に刀身を押さえ込むように背後へ流し、曲者をつんのめらせた。

それを隙と見て左の曲者が斬りかかると、

「おう！」

久松は気合をかけて刀を振るい、斬りかかった曲者の右手首を打つ。

手首を押さえて苦悶《くもん》の表情を浮かべた曲者が下がり、

「おのれ」

恨《うら》みを込めた声を発し、ふたたび刀を構えた。

対峙する久松の横で、庄助の切迫した声があがった。

久松がつんのめらせた曲者が、庄助に迫っていたのだ。

「庄助！　逃げろ！」

久松が叫んだが、曲者は刀を振り上げて庄助に迫った。

斬られる。

刀を持たない庄助は目をつむった。目の前で呻き声がしたので見ると、斬りかかろうとしていた曲者は、腕に刺さった小柄《こづか》を抜き捨てて下がり、横を向いた。

助けたのは左近だ。

左近は駆けつけ、向かってきた曲者が斬り下ろす刀を弾き上げた。

手から離れた刀が回転して飛び、板塀に突き刺さった。

目を見張った曲者が脇差を抜いて下がり、左近が出ると、走って逃げていく。

それを見たもう一人の曲者が舌打ちして、久松との間合いを空けると、きびすを返して走り去った。

宝刀安綱を鞘《さや》に納《おさ》めた左近は、庄助が拾ってくれた小柄を受け取り、怪《け》我《が》はないか訊いた。

「はい。おかげさまで」

「新見殿、助けていただき、かたじけない」

頭を下げた久松に、左近は神妙な面持ちで歩み寄る。

「今の者どもに、心当たりはおありか」

久松は唇を引き締め、首を横に振って言う。

「貧乏御家人の財布を狙ったとは思えないが、恨みを買った覚えもござらぬ」

左近は、庄助を見た。

「顔に見覚えはないか」

「初めて見た顔です」

興奮気味に言う庄助は、久松を気遣い、砂埃《すなぼこり》で汚れた着物の裾《すそ》を手で払いにかかった。

もうよい、と言った久松が、左近を見て笑みを浮かべた。

「解《げ》せぬことよ。誰かと間違えておるのだろうが、馬鹿どもには困ったものだ」

ふたたび頭を下げ、庄助を連れて帰っていった。

この日に限って、警固《けいご》の者を連れてきていなかった左近は、どうにも気になったのだが、

「くれぐれも油断めされぬように」

と、声をかけるにとどまった。庄助が狙われていることなど知る由《よし》もなく、考えもしなかったのだ。

立ち止まって振り向いた久松が、笑顔で手を挙げた。

二人が見えなくなるまで見送った左近は、このあたりに暮らす荒くれ者をおとなしくさせるよい手立てはないものかと考えながら、西ノ丸へ帰った。

五

その夜、根岸の北沢屋別宅にある秘密の蔵では、八人の職人が一カ所に集まり、仕上がったばかりの偽小判と、公儀の新しい小判を見くらべていた。

表面の茣蓙目《ござめ》、吹所《ふきどころ》の験極印《しるしごくいん》など、どれをくらべても、

「こいつは、見分けがつきません。むしろ、あっしらが作ったほうが美しい」

太吉はそう言い、験極印を手がけた年長の職人に渡した。

受け取った年長の職人が、悪い笑みを浮かべる。

「ふふ、わしらの腕がいいということだ。にしても、公儀も慶長小判二枚に銀を混ぜて、新小判を三枚作っているのだから、仕組みを考えた荻原という侍は、なかなかあこぎだぜ」

「まったくだ。我らの奥川様と、おんなじだな」

職人たちはそう言って、声を殺して笑った。

年長の職人が太吉に言う。

「お前、これを持って旦那様に見せてこい。お許しが出れば、明日から場所を変えて本格的に吹き替えだ。忙しくなるぞ」

受け取った太吉は、疑問をぶつけた。

「ここで作るんじゃないのですか？」

「決まれば教えてやるよ。早く行け」

「はい」

太吉は言われるままに蔵を出た。

庭を横切り、母屋の廊下に上がって、明かりがついている部屋に近づいた時、

「人を増やせ。なんとしても、太吉の弟を殺せ」

という声を聞いて、驚いて立ち止まった。

出てこようとする人の影が障子に映り、太吉は慌てて廊下から跳び下り、縁の下に隠れた。

真上を足音が遠ざかってゆく。

息を殺していた太吉は、このままでは弟が殺されると思い、どうすればいいか考えた。

そして思いついたのは、弟と江戸から逃げることだ。

這《は》い出た太吉は、周囲に誰もいないのを確かめて庭を走り、できあがったばかりの偽小判を持ったまま裏口から抜け出し、田畑が広がる夜道を走った。

その頃、別宅の母屋では、奥川に急《せ》かされた番頭の完治が部屋を出て、偽小判の出来具合を確かめに蔵へ行っていた。

年長の職人が、

「あれ、太吉に持っていかせましたよ」

と言うものだから、完治は、奥川が太吉の弟を殺せと言った声を聞かれたと思

い、急ぎ戻った。

太吉が逃げたことを知った仙右衛門は、すぐさま追っ手を出した。

田んぼのあぜ道を逃げていた太吉は、捜せ、という大声に振り向いた。暗闇の中にちょうちんの明かりが三つ四つ揺れている。

捕まったら命はない。

緊張と焦りで顔を引きつらせた太吉は、転びそうになりながら走ったが、生まれつき足が遅く、ちょうちんの明かりがぐんぐん近づいてくる。

たまらなくなって道をはずれ、誰の物かも知らない屋敷の枝折戸《しおりど》を開けて庭に入り、小屋の陰に潜《ひそ》んだ。

「遠くには行っていないはずだ。捜せ」

竹垣の外で声がし、ちょうちんの明かりが遠ざかっていく。

これからどうやって弟がいる本所へ渡ろうか。

あれこれ考えていた太吉は、見つかるのが怖くなり、しばらく動けなくなった。

寒さにうずくまっていると、梅の香りがしてきた。もう春なのだと思った太吉は、長らく蔵に籠もり、ろくに外を見ていなかったことに今さらながら気づいた。

弟と、誰も知らない田舎《いなか》に逃げよう。金はないが、手に職があるのだから、食うには困らないはず。

金に目がくらみ、悪事に手を貸したことを後悔した太吉は、弟に申しわけないことをしたと思い、命にかえても守ると自分に言い聞かせ、庭から外へ出た。

追っ手はいない。

ふたたび夜道を走った太吉は、用心して町中を抜け、両国橋の西詰めまで来た。橋番所《はしばんしょ》に明かりがついているが、外に番人はいない。追っ手もいないことを確かめた太吉は、橋番所の前を走り抜け、両国橋を渡った。その後ろを、数人の人影が追ってきたことに、太吉は気づいていない。

足音に気づいた番人が出てきた。

「おい待て！」

叫んだ途端に後ろから峰打《みねう》ちされ、白目をむいて気絶した。

やったのは仙右衛門の用心棒だ。

橋を渡る太吉を見て言う。

「思ったとおり弟のところへ行くつもりだ。まとめて殺してくれる」

行くぞ、と言い、仲間を連れて走った。

そうとは知らぬ太吉は、久松家の前に到着した。気づけば、東の空が白みはじめている。

朝が早いあるじが起きる前に弟を連れ出さなければ、と思った太吉は、門と呼ぶにはあまりに薄っぺらい木戸を開けて、中に忍び込んだ。

追ってきた仙右衛門の用心棒と手下どもは、木戸を開けようとしたが、頭格《かしらかく》の目が細い用心棒が止めた。

「押し込めば騒ぎになり、隣の武家が気づく。ここは慌てず、出てくるのを待つぞ」

すると、髭面《ひげづら》でぎょろ目の用心棒が言う。

「しかし、御家人が出てくれば厄介ですぞ」

「なあに、まとめて斬るまでよ。抜かるな」

頭格の用心棒が指図し、表と裏に分かれて物陰に潜んだ。

そうとは知らない太吉は、庄助が寝起きしている勝手口近くの部屋に行き、雨戸をたたいた。

「庄助、おれだ。兄ちゃんだ」

小声で言い、雨戸に耳を当てると、障子を開ける音がした。

雨戸を少し開けた庄助が眠そうな顔を出し、

「兄さん、こんな夜中に何ごとですか」

迷惑そうに言う。

太吉は必死の面持ちで、事情を話した。

偽小判を見せられた庄助は、何度もため息をつき、肩を落とし、しまいには手の甲《こう》で頰を拭《ぬぐ》った。

弟のそんな姿に、太吉は胸を痛めた。

「すまない庄助、兄ちゃんが馬鹿だった。恨んで顔も見たくないだろうが、今は言うことを聞いて、一緒に逃げてくれ」

庄助は悔しそうな顔で太吉を睨んだものの、すぐに下を向き、力のない声で言う。

「親がわりに育ててくれた兄さんを恨むわけないだろう。わかったよ、二人で江戸から逃げよう。待ってて、すぐ支度するから」

そう言った庄助は、一度部屋に戻って着物を着替え、わずかな手荷物を持って出てきた。

可愛がり、養子にまですると言ってくれたあるじ哲之助に無断で去ることは、庄助にとって何より辛《つら》いこと。

涙を流した庄助は、母屋に向かって手を合わせた。

「夜が明けるから行くぞ」

太吉に言われてうなずいた庄助が去ろうとした時、背後の雨戸が開いた。

「待て」

呼び止められて振り向いた庄助は、裸足《はだし》で出てきた久松に頭を下げた。

「話は聞いた。どうしても出ていくのか」

と訊く久松に、

「すみません。すみません」

庄助は何度もあやまり、見逃してくれと言った。

そんな庄助を下がらせた太吉が、久松に頭を下げた。

「悪いのはわたしです。お願いです。見逃してください」

久松は、厳しい面持ちで言う。

「よう逃げてきた。案ずるな。お上に密告して一味を捕らえる助けをいたせば、お前は許される。褒美ももらえるゆえ、逃げずに朝一番で町奉行所へ行け。わしも同道してやる。よいな」

太吉は頭《かぶり》を振った。

「お触れのことなら、あれは嘘です。偽金を作っていた者が密告しに行きましたところ、そのまま捕らえられ、家族もろとも獄門にされたと聞きました」

「それは嘘だ」

「旦那様のことを疑うわけじゃございませんが、わたしは、人の命より犬畜生の命を大事にされる今のお上のことが、どうにも信じられないのでございます」

「おい、それを言うな。言うてはならぬ」

「あいすみません。旦那様、どうか、このまま行かせてください。誰も知らない田舎の土地で、弟と二人でやりなおしたいんです。このとおり」

久松とて、内心では今のお上に不満を持っている。それだけに、土下座をして頼む太吉に折れた。

「わかった。どこにでも行け。偽小判を持っているのだろう。それだけは預かっておく」

「はい」

太吉は言われるままに、偽小判を差し出した。

手に取った久松は、太吉を見た。

「これを作らせた者は誰だ」

「勘定吟味役の奥川隆元と、亀井町の両替屋、北沢屋仙右衛門です」

「間違いないのだな」

「はい」

「して、小判を贋作している場所は」

「根岸にある、北沢屋の別宅です」

太吉は、年長の職人が言っていたことを失念し、覚えているおおよその場所を伝えた。

久松はうなずく。

「では今日にでも、これを持ってお上に届ける。お前たちは、置き手紙をして逃げたことにしておく。落ち着いたら在所を知らせろ。いただいた褒美を送ってやる」

太吉は手を合わせて拝《おが》み、頭を下げた。

「お目こぼしいただきありがとうございます」

礼を言う兄の横で、庄助も頭を下げた。

去ろうとすると、

「待て」

久松はふたたび呼び止め、浴衣の帯に差していた脇差を鞘ごと抜き、庄助に差し出した。

「これは、お前に託すつもりだった物だ。無銘《むめい》だが、家宝だ。持っていけ」

胸が熱くなった庄助は、あふれる涙を拭って頭を下げた。

「いただけません。すみません」

庄助は、逃げるように出ていった。

太吉が頭を下げ、庄助を追って横に並び、すまない、とあやまった。

庄助は表ではなく裏木戸へ向かい、路地へ出た。戸を閉め、頭を下げて歩もうとした途端に前後を阻まれた兄弟は、夜明けの路地にぎらりと光る刃物に息を呑む。

「ぎゃあ！」

突然あがった悲鳴に、家に入ろうとしていた久松は驚き、裏路地へ走った。木戸から出ると、太吉が倒れ、庄助の腹を匕首で刺した曲者が離れたところだった。

「おのれ！」

叫んだ久松は脇差を抜き、庄助から離れたばかりの曲者の背中を突き刺した。

断末魔の声をあげた曲者から脇差を抜き、大刀で斬りかかった髭面のぎょろ目の一撃をかわし、腕を斬る。

曲者どもが刀や匕首をにぎり、じりじりと間合いを詰めてくる。そうしているうちにも、苦しみの声をあげる庄助が弱っていくのがわかった久松は、隣の板塀に向かって大声をあげた。

「高品殿《たかしな》！　高品殿！　庄助が曲者に斬られ申した！　医者を呼んでいただきたい！　お頼み申す！」

高品なにがしは、悲鳴を聞いて目をさましていたらしい。すぐさま、

「あいわかった！　助太刀《すけだち》いたす！」

中から大声がすると同時に、木戸を開け、槍を持った大男が出てきた。その後ろから出た小者が、人を呼びに走っていく。

「曲者め、覚悟せい！」

巨漢の高品なにがしが槍を構えると、曲者どもは下がり、きびすを返して逃げた。

「待て！」

高品は叫び、追っていったが、表の通りへ出たところで立ち止まり、鼻息を荒くして戻ってきた。

「や、これはいかん」

目を見張る高品が言うとおり、背中を刺された太吉は虫の息となっており、医者を待たずして死んだ。

それを見た庄助は、

「兄ちゃん……」

力のない声で言い、目に涙を浮かべている。

久松は庄助を抱き、

「すぐ医者が来る。死ぬでないぞ庄助」

励まして腹を押さえたが、血はとめどなく流れる。

「だ、旦那様ぁ……」

庄助は何か言おうとしたが、久松の腕の中で力尽きた。

「庄助、庄助！」

久松は叫び、庄助の身体を揺すったが、手がだらりと地に落ちた。

た。

左近が障子を開けると、正体を知らぬ久松は驚いた顔をして、白石に言う。

「新見殿に話されたのか」

「はい」

久松は左近を見た。

「新見殿、助太刀を考えておるなら無用ですぞ。相手は勘定吟味役ゆえ、おそらく生きては帰れぬ。だが、夢も希望も断《た》たれたわしは、それでよいのだ。可愛い庄助の命を奪った者どもと、刺し違える覚悟」

立ち上がろうとした久松を白石が止めた。

「そう死に急がず、まずは聞かれよ。久松殿、これまで隠しておったが、浪人新見左近とは偽《いつわ》りの姿。このお方の真の名は、徳川綱豊様ですぞ」

「に、西ノ丸様！」

口を開けて目を見張る久松に、左近はうなずいた。

「ははあ」

仰天《ぎょうてん》した久松は、廊下に出るだけではなく、庭まで下りて地べたで平身低頭する。家禄《かろく》三十俵二人扶持《ぶち》の久松にとって徳川綱豊とは、そういう存在なのだ。

左近は、平身低頭する久松のそばに行き、頭を上げさせた。

「久松」

「はは！」

「今日は余の供をしてもらう。よいな」

「し、しかし……」

「悪党成敗の供はいやか」

「は、いえ……」

身分を知ってしまった久松は、しどろもどろだ。

左近はそんな久松の肩に手を差し伸べた。

「庄助の無念を、共に晴らそうぞ」

「はは。喜んでお供いたします」

「うむ」

左近は目の端に人影を捉《とら》えて顔を向けた。知らせを受けた小五郎が駆けつけ、片膝《かたひざ》をついている。

「久松、庄助の兄から詳しい話を聞いておるか」

左近に訊かれて、久松は思い出したように懐から小判を出した。

「偽小判でございます。これを作らせたのは、勘定吟味役の奥川隆元と、亀井町の両替屋、北沢屋仙右衛門でございます」

左近はうなずき、小五郎に顔を向けた。

「ここで待つ。二人の居場所を探ってまいれ」

「承知しました」

小五郎は立ち去った。

偽小判を受け取った左近は、白石に渡した。

「どう思う」

手にしてまじまじと見た白石は、渋い顔で言う。

「新しい小判を取ってまいります」

白石は部屋に入り、程なく戻ってくると、左近に差し出した。

「右が偽物でございますが、本物に劣らぬ出来栄《ば》えです」

確かに白石の言うとおり、左近の目には、偽物のほうが美しく見えた。手に取ってくらべても、重さの違いはわからない。

「これは、まことに偽物か」

左近が言うと、白石は眉間《みけん》に皺《しわ》を寄せて目筋を下げた。

「新しい小判が、慶長小判にくらべて劣っている証です。お叱《しか》りを覚悟で申し上げますが、今お上がされようとしているのは、悪党が混ぜ物をして儲けようとするのと、同じ考えということです」

「厳しいな」

左近とて、白石の言うとおりだ、と声を大にしたいほどだが、この場では控えた。そして続けた。

「同じ物を作れば儲けが出ぬはず。この偽物には、どのような仕掛けが隠されているのだろうか」

白石は答えられず考え込み、久松は、怒りと復讐の念に染まった眼差しを地面に向け、黙然《もくねん》と控えている。

左近が動こうとしていることなど知る由もない奥川と仙右衛門は、夜になって秘密の別宅へ入り、できあがったばかりの新しい偽小判に満足して、酒を飲んでいた。

奥川が偽小判を手にして、含んだ笑みを浮かべる。

「のう仙右衛門、今思いついたのだが、この小判を柳沢様にお見せし、荻原が作らせる小判より我らのほうが優れているとお認めになれば、おぬしに小判作りをまかされはせぬだろうか。そうなれば、おぬしは大儲け、わしは出世できるかもしれぬぞ」

杯《さかずき》を口に運ぼうとしていた仙右衛門が慌てた。

「それはあまりにも考えが甘うございますし、危のうございます」

「なぜじゃ。このように、ようできておるのだぞ」

仙右衛門は首を縦《たて》に振らない。

「いけませぬ。何せこちらは若干銀が多いため、市中に出回り、町の者が使いはじめますと、次第に色が悪くなっていくでしょう」

「それでは、そもそも使えぬではないか」

奥川は不機嫌になったが、仙右衛門は動じず笑みさえ浮かべた。

「大丈夫。手荒く扱われても、少なくとも半年は持ちます。偽小判が大量に出回っていると騒ぎになる頃には、出どころがわからなくなっておりますから、まずばれません。その頃には、そなた様の仇敵《きゅうてき》荻原は勘定奉行になっておるやもしれませぬが、偽小判が出回るきっかけを作ったと、責めを負わされるのは間違いないかと。そうなれば、そなた様が勘定奉行。手前はさらに大儲けできます。お礼はたっぷりさせていただきますから、これを柳沢様に見せないほうが、得でございますよ」

「まこと、おぬしの言うとおりだな。して、手持ちの慶長小判で何枚作れるのだ」

「およそ八万枚はできますが、今も両替で慶長小判が集まっておりますから、もっと増やせます」

「よし、では早々にはじめろ。人が足りぬなら増やしてもよいぞ」

「太吉が抜けたぶんは、すでに手配をしております」

「そのことよ。久松とか申すじじいは生きておるのだろう。早う始末しろ」

「御家人など、恐れることはございませぬ。根岸の別宅はすでにもぬけの殻《から》。作《さく》事場《じば》として手に入れたこの場は誰にも知られておりませんから、久松が訴え出たところで、ばれやしません」

「確かにの。白《しら》を切り通すためにも、当分は、我らもここには来ぬほうがよいな」

「そういたしましょう」

二人が悪だくみに酔いしれているのは、仙右衛門が偽小判を大量に作らせるために買っておいた、下駒込村《しもこまごめむら》の古い屋敷だ。

林の中にある屋敷は、土塀《どべい》で敷地を囲み、藁葺きの大きな母屋に、蔵が二つある。寺の山門《さんもん》を思わせる藁葺きの表門と、厚い板戸の裏口には、それぞれ見張りが二人立っている。

安心しきっている奥川と仙右衛門は、勘定奉行になったあとのことに夢をふくらませ、偽小判を肴《さかな》に酒を飲んでいた。

外がにわかに騒がしくなったのは、ほろ酔い気分になった頃だ。

「騒がしいですな。見てまいります」

仙右衛門が障子を開けた目の前に、番頭の完治が血相を変えて来た。

「旦那様、久松が助っ人を連れて乗り込んでまいりました」

「なんだって！　どうしてここが知られたんだい」

「わかりません」

「すぐに先生方を呼べ。生かして帰すな」

「はい」

完治は、先生、先生、と叫びながら母屋の廊下を裏手に向かって走った。

仙右衛門たちがいる目の前の庭に手下が転がって腹を押さえ、呻いた。庭木の陰から現れた藤色の着流し姿の侍と、襷《たすき》をかけて袴《はかま》を着けている老侍を睨んだ奥川は、刀をつかんで廊下に出た。

「おいじじい、どうしてここがわかった」

言われた久松は、奥川に怒りをぶつけた。

「たわけめが、聞いて驚くな……」

「久松、それは言わぬ約束だ」

左近に言われて、久松は言葉を変えた。

「悪党が小細工をしたところで、どこにも逃げられはせぬ。観念せい！」

奥川は鼻で笑った。

「ふん、浪人風情《ふぜい》をたった一人助っ人にして気が大きゅうなっておるわ」

そこへ、番頭の完治に呼ばれた浪人どもと、奥川の家来たちが出てきた。

合わせて十人が一斉に刀を抜き、奥川を守って左近たちと対峙した。

奥川は、勝ち誇《ほこ》った顔で言う。

「仲ようあの世へ送ってやろう。斬れ！」

応じた奥川の家来が気合をかけ、左近に斬りかかった。だが、安綱を抜いて弾き返された家来は、その剛剣に驚き、慌てて間合いを空けた。

久松は左近を守ろうと前に出ようとしたが、左近は左手で制し、安綱の柄《つか》を転じて峰に構え、用心棒と奥川の家来どもに鋭い目を向ける。

一人の用心棒が迫り、気合をかけて刀を振り上げ、左近に斬りかかってきた。

左近は太刀筋を見切って右にかわすや否《いな》や、安綱を右手で振るい、背中を打つ。

のけ反《ぞ》った用心棒が呻き、倒れて悶絶《もんぜつ》した。

峰打ちの一撃で倒す剛剣に、他の用心棒どもは下がった。一人前に出た奥川の家来が、正眼《せいがん》に構えて向かってきたが、左近は一撃を弾き上げ、幹竹割《からたけわ》りで額を打つ。

膝から崩れた家来は、気絶して仰向《あおむ》けに倒れた。

「どけ！」

叫んで出たのは、目が細い浪人だ。

「じじい、今朝はよくも、仲間を斬ってくれたな。殺す！」

用心棒の頭格は久松に言ったが、あいだに左近が立ち塞がった。

用心棒は左近を睨み、八双《はっそう》に構えて猛然と迫った。

「つあ！」

大音声《だいおんじょう》で袈裟懸《けさが》けに斬りかかった一撃を、左近は真っ向から受け止め、鍔迫《つばぜ》り合《あ》いをせずに押し返した。

「おのれ！」

叫んで刀を振り上げて迫る用心棒。

その間合いに飛び込んだ左近は、胴を峰打ちした。

呻いた用心棒は刀を落として腹を抱え込み、倒れて苦しみもがいている。

左近はそれには目もくれず他の用心棒どもに迫り、慌てて斬りかかる者の脇腹を峰打ちして倒し、次の用心棒の小手を砕《くだ》き、横手から隙を突かんとした用心棒の一撃をかわすと同時に、肩を峰打ちで砕いた。

左近は、残りの用心棒に安綱を向ける。

「良心ある者は去れ。悪に与《くみ》する者は、葵一刀流が斬る」

安綱の刃《やいば》を返して正眼に構える左近を見た浪人どもは、恐れた顔で下がり、きびすを返して逃げた。

続いて逃げようとした仙右衛門と番頭たちの前に久松が立ちはだかり、峰に返した大刀を構える。

「貴様らは逃がさん」

言うと同時に迫り、悲鳴をあげる仙右衛門を峰打ちで倒し、番頭と手下の背中を打ち据《す》えて昏倒《こんとう》させた。

一人残った奥川は、左近を徳川綱豊とは知らずに、犬が牙《きば》をむくような憎々しい顔で睨み、刀を抜いて庭に下りてきた。

「おのれ、許さん！」

「それは久松が申すことだ」

「黙れ！」

奥川は叫び、左近に斬りかかった。

弾き返した左近は、右腕を薄く斬り、刀身を振るって右膝を浅く斬った。

「うう」

よろめく奥川。

「久松、この者を捕らえよ」

「はは」

応じた久松が出ると、奥川が刀を向けた。

「こしゃくな！」

叫んで斬りかかった奥川の刀を弾き飛ばした久松は、肩を峰打ちして倒した。

気絶した奥川に背を向けた久松は、刀を背後に隠して左近の前で片膝をつき、頭を下げた。

左近は笑みでうなずく。

「余の配下を残す。この者どもを、北町奉行所に連れてゆくがよい。西条阿波守殿が、厳しく罰してくれよう」

「はは」

「久松、余の頼みを聞いてくれ」

「は。なんなりと、お申しつけください」

「死んではならぬ」

「…………」

久松は、うつむいて返事をしない。

「よいな、久松」

左近が念を押すと、久松は目に涙を溜めて顔を上げ、笑みを浮かべた。

「西ノ丸様のお望みとあらば、自ら命を絶《た》つような真似《まね》はいたしませぬ。白石先生の講義を楽しみに、余生を送りまする」

「うむ。また会おうぞ」

「はは」

左近は久松と笑みを交《か》わしたが、これが今生《こんじょう》の別れとなった。

後日、北町奉行の西条から、奥川と仙右衛門に厳しい罰がくだったことを聞いた左近は、久松に教えてやろうと思い白石の私塾におもむいたのだが、

「一足、遅うございました」

白石から、久松の急死を聞かされた。

寝ている時に心の臓が止まったらしく、布団の中で、眠るように冷たくなっていたという。

左近は、最後に見た久松の笑顔を思い出し、胸が詰まった。涙をこらえ、白石に言う。

「我が子のように思うていた庄助を追い、逝《い》ってしまわれたのであろう」

双葉文庫

さ-38-09

新《しん》・浪人若《ろうにんわか》さま 新見左近《にいみさこん》【五】

贋作小判《がんさくこばん》

2020年5月17日 第1刷発行
2023年7月13日 第2刷発行

【著者】
佐々木裕一《ささきゆういち》

【発行者】
箕浦克史
【発行所】
株式会社双葉社
〒162-8540 東京都新宿区東五軒町3番28号
［電話］03-5261-4818(営業部) 03-5261-4868(編集部)
www.futabasha.co.jp(双葉社の書籍・コミックが買えます)
【印刷所】
中央精版印刷株式会社
【製本所】
中央精版印刷株式会社

【フォーマット・デザイン】
日下潤一

ISBN978-4-575-67002-8 C0193
Printed in Japan